ZUI
Zestful Unique Mind

最世文化
Zuibest ZUI co.,Ltd

THE NEXT · KUALA LUMPUR

郭敬明　　包晓琳
吴忠全 冯天 颜东 著

下一站
吉隆坡

长江出版传媒
长江文艺出版社

CONTENTS

目录

007   【 Way To Go 】

019   【 Guess What 】

047   【 Post Card 】

053   【 The Spark 】

063   【 My Diary 】

077   【 Eyes Open 】

151   【 Glad You Came 】

Special Thanks To >>>

欢迎您来到马来西亚最适宜居住的城市——槟城！

槟城不仅融合东西方迷人色彩，它更是郁郁葱葱的热带花园及满是传统庙宇的繁华都市。它拥有着世界最自然、传统和丰富历史的文物建筑，其华丽与独特的设计更让您有机会一窥其中的奥秘。

Penang, Malaysia's most livable city, welcomes you to a fascinating fusion of the East and West. Be it lush tropical gardens or ornately designed temples and unique heritage buildings, Penang will give you a glimpse into a world where nature, tradition and history blend into a rich cultural tapestry.

马来西亚槟城旅游局

    马六甲作为一个世界知名的旅游目的地，自从 15 世纪被发现以来，她悠长的历史，各色历史景点，文化和美食无不使得她万分迷人并吸引世界各地成千上万的游客。来吧！感受她那独一无二的历史，亲眼看看她那美丽的风光，体验她那充满魅力的文化，品尝她那令人愉悦的美食，热情好客的马六甲一定让您终身难忘！

    Melaka is world-renown for her long history, historical sites, cultures and cuisines where she has charmed numerous visitors to her shores since her founding in the 15th. Century AD.Come feel her unique history, see her sites, enjoy her cultures, hospitality and taste her delightful cuisines.

马来西亚马六甲旅游局

THE NEXT · KUALA LUMPUR

| Chapter 1 | Way To Go |

包晓琳 >>>

　　我："要去哪里呢？"

　　责编："马来西亚哦。"

　　我："当地什么气候呀？"

　　责编："海边！热带呀，要带泳装，会下水的哦！东西准备起来。"

　　我："所以说……肥也要减起来喽？"

　　责编："对！！！"

　　自打年后接到责编通知，我便开始紧锣密鼓地将秘密武器配备起来：防晒霜、草帽、凉鞋、遮阳伞、太阳镜、泳衣，一个都不能少。为了抵御即将到来的大规模杀伤性热浪，我恨不能搬个冰箱一起上路，我用微信传防晒霜的图片给冯天看，他说，这货是什么啊这么大瓶？是杀虫剂吗？（……）回想几年前去三亚旅行，错信老妈的话，带了一大堆短裤上路，拍回来的照片每一张都像个汉子＝＝，回来后看着别人晒那些穿着长裙在海边拍的美美的照片，好想把晒得非洲鸡一样的自己当关老爷供起来拜拜。于是，除了那些秘密武器，行李箱里其余的空间全部挪给了——裙子。

　　当然，为了能把那些美美的裙子套在身上，我可是咬紧牙关一个月没吃晚饭，将过年时囤积的脂肪都甩掉了呢，哦耶！（＝＝连这种事也要说出来，真的好吗？）可即使是这样，在见到四爷之后他居然轻描淡写地晃着脑袋说："我觉得你比上次见，要胖了呢。"（……）

吴忠全 >>>

　　如果我说出发前的心情与出家前的心情一样心如止水有人相信么？我本来也是很激动很兴奋的，节食减肥什么的也都做了起来，面膜也买了起来，衣服也挑选起来——谁都知道这次要拍照片，为了良好的形象也为了不再被侮辱取笑，所以不嫌麻烦地折腾自己。我甚至还为了在海边沙滩上有一个诱人的身材而开始健身，仰卧起坐做得胃都抽筋了，伏地挺身什么的从沙发上掉下来胳膊差点骨折……这一切的一切都在朝好的方向发展着，特别是脸都要白死了（相对于从前的自己来说）……可惜，天妒英才，或者说我的人品爆发过头爆炸了，在一个雷雨交加的夜晚，我鬼使神差地要炸丸子吃，丸子被鬼魂附体了，也可能是被炸得生气了，接二连三地勇敢地从油锅里蹦出来，袭击了我的脸颊。当疼痛袭来的那一刻，我知道完了；当我冲进卫生间看到六七个水泡的时候，我就知道一切都不可挽回了；当我每天按着说明书涂抹药膏 6 ~ 8 次后，疼痛消失了，疤痕却留在了脸颊上，那一刻我就心如止水了，人生还有什么意义？就算美编 PS 的时候也会发出笑声吧？靠美编的人生不是完整的人生……我真恨不得这次出行是去中东，那样我还可以在脸上蒙块黑纱，露出没有受伤的眸子，飘飘荡荡……

冯天 >>>

　　"它原来还这么红啊。"

　　当得知我们即将前往马来西亚拜访时，我不由对这个国家产生了一种微妙的钦佩。因为几乎从我懂事开始，在我们那种全镇随便两人都能攀上远亲的小地方，新马泰黄金三角的旅游线路等同于出国见世面的代名词。甚至还演化出过"领导许诺员工带他们新马泰一日游，结果去的是新（荣）、马（伺塘）、泰（家庵）三个乡下小村"的民间笑话。十几年的时间足够败家子挥霍掉无数财产，而马来西亚却是从未过气的巨星，如今依旧热门。

　　办护照是在老家冷清的机关大厅里，在我前面有个人申办去加拿大，流程精简也无多余的沟通。轮到我后，工作人员甚至主动帮我去楼上复印身份证件，看到我在表格里填"马来西亚"后一改安静的氛围主动攀谈起来。虽然其中混淆着"有狮子头鱼身的喷泉是吧""听说烟草很值得当纪念品买哦"这类与马来西亚不相符的概述，但可以感觉出它是就连我这种懒得出门旅行的人，都只需带上几件短袖换上夹脚拖，便能被轻易接受地踏上它这座岛屿；是距离寻常百姓甚近，是他们一辈子没走进过火车站，靠微薄薪资单也能支撑的梦想计划表上，总有一日会去，毫无遥不可及之感的地方。

颜东 >>>

　　听说要去马来西亚，偷偷把《初恋红豆冰》找出来看了一遍，做法实在是不高明也始终羞于告诉其他人。对马来西亚的印象在于绵长的夏天、白背心、人字拖，永远汪着水气的绿树丛和亮得晃眼的蓝天白云，总之，一派清新。

　　朋友得知我要去马来西亚，时不时地杞人忧天：热带会不会有很多蛇啊？又听说印尼地震，开始担心是否会影响到马来西亚，还煞有介事地去网上查了又查。心里到底还是感动，又多少有些哭笑不得。

　　其实这一次出去，甚至连攻略也没有看过多少，想是团队旅行，于是就放了很多的心，终究还是偷懒。倒是特地去查了美食一块，在电脑前看得直流口水。热带食物口味总是要偏重些，对于久居重庆的人来说简直就是福利。还在心里盘算了去到那边要吃多少榴莲，因为国内的榴莲总是贵，想着马来西亚的榴莲应该会像蔬菜一样便宜吧？不由得摩拳擦掌心花怒放——是的，我爱榴莲。

　　第一次出国，也算是人生中的大事。就连平时没事很少主动打电话来的姐姐也打了几个电话来，反反复复询问了很多事，又叮嘱了几句。于是打电话告诉妈妈和奶奶，也让她们开心。她们在电话里甚至还复述不清楚马来西亚这个名字，说了几遍也说不对，听上去像是另外一个星球的一个什么奇怪的地方，但是我知道她们都在为我自豪。我们家谁都没有出过国，她们肯定会逮着机会就向邻居们炫耀，但是她们会不会又把马来西亚说成"马拉西亚"呢？

　　心中一暖。

THE NEXT · KUALA LUMPUR

| Chapter 2 | Guess What |

我摆你猜

郭敬明

包晓琳

吴忠全

冯 天

颜 东

郭敬明 >>>

包晓琳：我昨天杀的那个保姆，尸体放在这个箱子里，没事儿吧？

冯天：我这么胖，就拍半个脸吧，什么？半个脸也能看出我胖了？

吴忠全：这位昆虫，你找我有什么事吗？大家有缘认识一下，做个朋友，微博互相关注起来吧？

颜东：卡卡？卡卡你在吗？你在里面吗卡卡？我拖稿是我的不对，但是你也不用把自己埋进去呀。

包晓琳 >>>

"我是郭杰克！我是世界之王！肉丝，肉丝你快上来陪我一起在船头吹海风！"三秒钟过后，只见赵萌哥从旁边气喘吁吁地跑了上来："郭总……你刚才是说要找人陪你吹海风吗？"吴忠全和那个树洞建立了非常深厚的情谊，以至于想把最近出书前的焦躁不安与它好好倾诉一下，你以为你戴个墨镜就能成梁朝伟啊？吴宇森才是适合你这种戏路的导演，而不是王家卫啊！颜东这个嘛太好猜了，你肯定是想摆"花痴"（花吃）这个词吧？可冯天你就算把三分之二的脸都给遮住，还是无法摆脱"你胖了"这个铁一般的事实。

吴忠全 >>>

　　包晓林扮演的是一个过去的落难少妇，流落到马六甲，上岸时行李箱因为带了违规物品被没收了，后来她通过自己的努力成为了"旅马作家"，又通过各种手段成为了"国王的奶妈"，拥有了如此高贵地位的她，此刻是正在怀念呢……（这就是部励志剧。）冯天绝对是在扮演中东妇女，但冯天你的扮相我只能说："哦！可怜的中东妇女，连黑纱巾都买不起，只能把自己的连帽衫套在头上，你老公是死了还是把你抛弃了？你没看你身后那个墨镜男都睡着了不愿多看你了吗？因为在人群中多看了你一眼，从此再也没有好容颜……"（这就是部家庭剧。）小四是在扮演"MJ船长"。（有这位吗？）看他袖子上的两块白布就知道是MJ了，至于为什么站在船头，我想应该是，他本来在乘船旅行，不幸遇见了海盗，于是他通过一段舞蹈打败了那群海盗，可是原来的船长却不幸被杀害了，他就被推举为新船长，带领大家回到了家乡，正在冲迎接他的人民们挥手致意……（这就是部史诗剧。）颜东你是被甩了吗？你是要用眼泪浇灌花朵，还是想把鼻涕蹭在花朵上？你知道你为什么被甩吗？就是因为你是杨 ni 萍的接班人，就因为你总说好漂 niang，你的恋人受够了你，在 L 和 N 分不清的你面前开始怀疑人生了……音乐起"要知道伤心总是难免的你又何必一往情深"。（这就是一部爱情剧。）

冯天 >>>

　　为了不让读者说吴忠全和包晓琳长得太老气，于是我和颜东也只能把青春的脸庞给挡住。郭总你真的来过马来西亚么，你这张照片手臂的角度、穿着，以及长相（……）和"入乡随俗"那张一模一样啊！这绝对是美编 key 上去的吧，在摄影棚白板前拍好，然后 PS 到各种风景里……郭总你对我们 TN2 不是真爱啊都不肯抽时间陪我们旅游！

颜东 >>>

　　包晓琳这个动作让我觉得这个箱子里肯定藏了个死人。其死亡过程是这样的：包晓琳用手中的相机狠狠地砸向那人，那人无力反抗，当场暴毙。于是包晓琳将尸体投进此箱，末了，面带诡异的胜利者的笑容，朝箱内看了最后一眼。冯天你在扮演阿拉伯女郎么，你的帽子太小啦，下次换个更大更飘逸的。小四肯定是被身后船舷上的绳子绑着，正准备往下跳呢，你这样开心，是因为要去海里捡"海洋之心"吗？吴忠全你这是在玩躲猫猫吗，"我躲在树后面你们看得到我吗？看不到我！"你不觉得很幼稚吗？

看我 High 翻天

郭敬明

包晓琳

吴忠全

冯 天

颜 东

郭敬明 >>>

　　包晓琳的很正常，终于看到一张美图。证明我们的冠军确实是个美女。（文章写得怎么样，就不知道了，问问吴忠全好了。）冯天这张，保持了他整个旅途上的统一作风：捂脸。他每看一次摄影师的显示屏，就会感叹一次：这个死胖子是谁啊？！吴忠全和颜东在同一场景下，就很容易分胜负了，明显，颜东赢了。他更不要命。

包晓琳 >>>

　　颜东颜东，颜东你鞋呢？从这么高的地方掉下去，你那双"杨丽萍舞蹈鞋"肯定哼着《万物生》魂归故里了吧？冯天，我知道你那天晚上完全喝茫了，以至于玩个真心话你连【哔哔啵啵消音——】这种事都说出来了，那么多人都在，你真的不怕原本小清新的形象被自己生生给毁掉吗？忠全同学这完全是在假 high 嘛，一点也不 high 啊，你看人家颜东把自己最心爱的舞蹈鞋都踢飞了，你干吗没把秀"美腿"的那张放上来？至于老板那张……是实在找不到"最 high"的照片让美编后期 PS 的吗？狗仔队已经获悉你下一步就要投拍一部叫做《马六甲海盗》的电影，目前正在剧本的创作中，记得给吴忠全留一个"钩子船长"的角色，他肯定会本色出演的哦。

吴忠全 >>>

　　包晓琳笑得这么花枝招展，你远在国内的老公看到你在异国他乡又不在他的身边还能笑得这么开心一定难过死了吧？　冯天你笑得帽子里的头发都凌乱了，左手手表右手佛珠你的双手已经够沉重的了还要吃力地举起来捂住嘴巴……你是听到什么劲爆的八卦了吗？坐在你身边的我怎么不记得这件事了？那个锚太沉重太巨大了，小四你想把它拖走卖钱太不切实际了，所以你能做到的也只有抚摸它了，但它又热得发烫，于是你的步伐都凌乱了，从月亮舞步变成中国马步了，还要强颜欢笑，做艺人真不容易。颜东是想死，我确定，但他死了杨 ni 萍得哭死，这么一位好清 niang 的中华瑰宝，勾引我一起买亚麻短裤走最炫民族风连 ××× 都不放过的重口味民族艺术家，但话说回来，他就是死也无憾了，因为他当时把整个马六甲踩在了脚底下……

冯天 >>>

　　郭总恭喜您，您的淘宝店规模又提升了吧，这么大的全钢打造的纽扣，堪称行业的丰碑啊！

　　颜东你不要抛下我啊，你踩在凳子上就跟吴忠全一样高了（这样会让我们产生距离）！包老师你老实说，那个"东革阿里"你是不是自己偷偷尝过了，不然怎么会笑得这么具有攻击性！长辈请放心，她买到了真药……

颜东 >>>

　　包晓琳你那也叫 high 啊？没有笑到四脚朝天露出底裤的照片也好意思拿出来啊？你太弱了！冯天就更不用说了，笑得这么羞涩，还以手捂嘴……我见过你真正 high 的时候，这张照片太不走心！小四是想拖走这块大斧头吗？但这跟 high 有什么关系？除非你真的拖得动……吴忠全这样凭栏眺望，眼神迷离，嘴唇微启，实在算不上 high，只能说是妩媚……这张照片是什么情况下拍出来的，它实在与我们所见到的你不同……

入乡随俗

郭敬明

包晓琳

吴忠全

冯 天

颜 东

郭敬明 >>>

　　包晓琳脚上那鞋子，贵到我翻白眼。我本来抱着一颗逛丽江小商品店的心走进去的，然后在听说价格之后，怀着一颗仇恨社会的心走了出来。冯天这张照片，摇了七分钟，一支签都没有掉下来，中途摄影师快要睡着了。吴忠全这张摆拍真是天衣无缝，可惜光是让旁边的那位大妈教他拿画笔的正确姿势就教了五分钟。最后，颜东，歇歇吧，林黛玉叫你回她电话。

包晓琳 >>>

　　快来个人把杨丽萍，哦不，把颜东娶回家吧，我国新一代文艺男青年的标准是COS得了徐志摩，绣得了鞋面（不好意思没压住韵）。可吴忠全你是在干什么？在一张明显已经完成了的画上补上一笔，你知道有个成语叫画蛇添足吗？亏你还是个写严肃文学的。冯天说："佛啊佛啊，请快点把我打回……哦不，变回原来瘦时的样子吧。"结果佛没说话，一瞬间哭得梨花带雨的。老板肯定是在说："这堆柚子是我的。"祝愿不久的将来在马来西亚每一颗柚子上都会找到一个老干爹……哦不，郭敬明的头像。

吴忠全 >>>

　　请原谅我一看到包晓琳这身衣服的冲动，娘惹……唉，明白的就都明白，我猜这世界上明白我在说什么的不超过十人，（出行的才九人……）于是我又想到了那个"燕之屋"，搞什么搞啊！我小时候在农村家里到处都是燕窝，就连现在的楼道里也都有燕窝，我要不要出售门票啊？啊？啊？一早上的好心情全都没了。冯天是在求姻缘，或者说是一段跨国艳遇，但他求签的整个漫长而重复动作的过程，让我不经意地想起了一部好莱坞大片，就是一只大猩猩最后在楼顶做的那事……最后再经过冯天坚持不懈的努力，终于迸出了三个签，嗯，祝他幸福。郭总不知道你当时看没看到头顶供奉的天官牌位，你不害怕那牌位的主人生气一阵阴风吹过把你带走吗？如果那样的话赵萌哥还要呼喊："小四被妖精抓走了！"……不过话说回来，作为走到哪里都有人要求合影签名的大马巨星，就为那一堆圆滚滚的水果，你有什么好开心的？哪怕它们的乳汁……不，是果汁那么甜……颜东身为一名民族艺术家也逃脱不了做家务的命运，作为一名青年作家也逃脱不了绣娘的气质，你不会也要学习马来西亚那位传奇绣娘，用五年时间绣一只凤凰，最后眼睛瞎了……不过看你这张照片好像是要得帕金森综合征，又像是王宝钏苦守寒窑十八年，总之是命运作弄了你……

冯天 >>>

　　你们别看包老师这么没气质，（包老师：……）但她脚上穿的和手里拿的鞋，贵得吓人，平均两千马币（四千人民币）一只，单价丝毫不输国际大牌。颜东看你那玩针线活的熟稔姿势，看来那银镯是给你自己买的。相比之下吴忠全还是挺有底蕴的，这画送去幼儿园艺术节的小班组，得个鼓励奖肯定是十拿九稳！压轴的总是郭总，郭总的淘宝店搞店庆活动了，买纽扣送柚子，随便拿！

颜东 >>>

　　是的，我们都知道，穿上娘惹装只是包晓琳打入马来西亚的第一步，作为著名的"旅马作家"，然后"国王的奶妈"，再然后一步一步……真可谓野心勃勃。冯天那日在庙中求签，摇了半天都没有签子掉下来，然锲而不舍坚持不懈打动了观音娘娘，终得了一支好签。放心吧，有上上签的庇佑，你一定会瘦下来的！小四的这个手势是在说这些柚子都是我的，大家随便吃不要钱吗？那天确实吃了这种柚子，大家纷纷说甜，苦于刚刚吃完口香糖，口中无味，实在是遗憾。吴忠全我不知道你在偷笑什么，你以为大家都没发现其实你不会画画吗，你以为大家都没看出你拿笔的方式很幼稚吗，算了，看在我们一起在马来西亚的公共场合干过许多没有素质的事情的分上，我不揭穿你。

I Love it !

郭敬明

包晓琳

吴忠全

冯 天

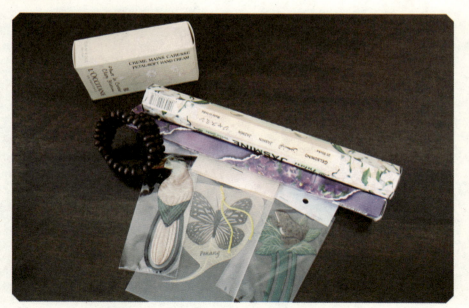

颜 东

郭敬明 >>>

　　当我看完四强买的纪念品时，我真的，崩溃了。这就是我在全中国千千万万的少男少女中选出来的极品。首先就是冯天，请问你那是什么？发簪吗？还有檀香，还有一串手镯，你是要进宫变格格了吗？你身份证上应该是写着"性别：男"吧？！还有吴忠全，一个男人，对项链那么狂热，我已经很不理解了，更何况是买这种自己名字里其中一个字的项链吊坠的人，是我想要猎杀的前三名。包晓琳我就不多说了，就一女吃货，她的人生就在胃里。对比以上三位，颜东本来乏味而单调的选择，看起来真是说不出的高贵清新啊。最后，我那一堆东西，叫做"袖扣"，你们这帮"90后"，是不懂的。到了三十岁，你们如果都还没有开始用这个东西，你们的人生就太失败了。哼！

包晓琳 >>>

　　首先我不想点评冯天那一堆疑似"出家前必备用品"的东西，真不能承受在【纪念品】这个单元里居然看到了"香"（用来烧的）这种东西（＝＝）。郭总的纪念品除了表明"我是一个拥有很多衬衫袖扣的男人"还真看不出有什么马来西亚特色，而且并不见得每个人都会认得出那是一堆衬衫袖扣，八成会被当成是一堆胸针。自打吴忠全买了这个刻有"忠"字的项链还马上戴在脖子上给所有人看，我就对他这个人的品位产生了深深的怀疑（摇头状），当得知大马当地曾有个组织叫"天地会"的时候，我一度劝说他可以去拜访一下当年的堂口。相比之下，人家颜东就要文艺得多了，木头书签呀，明信片呀，椰子项链啊（＝＝），还有那只小巧精致的银手镯（！！），你看它摆在猫头鹰旁边显得多么地和谐啊，说不定擦一擦会噗的一声跑出一位美艳的"娘惹"来呢！记得晚上进屋之前要先敲敲门哦~

吴忠全 >>>

　　我首先被包晓琳那袋花生包装上的老头子的妖娆步伐吸引了，他太抢镜了，真后悔当时你劝我买的时候我没买，要是买了放在家里，不开心时就拿出来看看多好啊，比郭德纲的相声好笑多了，你其他的纪念品我都有，除了那个铃铛。冯天的这些都是啥？花花绿绿的，动物园开大会啊？那个手链是被当做佛珠镇压那些妖精的吗？你还是抱着某家森林系品牌的那些抱枕和被子说"我的心都酥了"去吧。郭总你是要藏在袖筒里修炼郭家独门绝学吗？这第二产业也太诡异和独特了吧？怎么还有那么多双鞋？那些小人手上怎么拿着那么大的棒棒糖？这些和你郭总的形象不符合吧？我太多疑问了。我被颜东那个像男士包的女式包和那个像女士手镯的男士手镯闪瞎了眼睛，如果没记错的话，那个手镯是你我还有冯天三人逛夜市时买的吧？那个老板还不停地说："你们中国人那么有钱……"于是我们真的就在那里买了很多廉价物品。（我明显转移了话题，你身上点太多了，祝福你一生平安……）

冯天 >>>

噢吴忠全亲，你一定是来马来西亚进货的淘宝小店主吧……看那些（很可能是脱落的牙齿做成的）白碎花小项链，我很不忍心告诉你，下次你只要买火车站票去义乌QQ女人城就能找到它们。包老师你也太不真诚了吧……你给你家长辈买的叫"东革阿里"的壮阳药怎么不拍出来给大家见识下，对读者也太不走心了吧！颜东你那个银镯是要送给你奶奶的么？最后买这一大打纽扣的郭总，您开的淘宝店显然比吴忠全开的高端多了！

颜东 >>>

一看到包晓琳大包小包的咖啡啊花生啊就知道这是个宜室宜家的女人啊，顺便说一下她还在马来西亚买了一整箱的巧克力，为此特地买了个箱子，实在是……毅力惊人。冯天的这些粉嫩花哨的包装哟，据说是香（？！），好吧，我理解你，我只是没看到，我如果看到了也会买的！小四的这堆东西我看了半天都不知道是什么……好多鞋……我喜欢那个打棒球的。吴忠全这个自恋狂买到的最得意的东西大概就是这个"忠"字挂链，而且一口气还买了俩，其实我想说，这种刻字的小饰品国内应有尽有，而且想起当初我们去那家精品店买东西的晚上，各自买了几样东西出了店门，马上在对面的地摊上就发现了一模一样的纪念品，但是要便宜很多……真是悲伤的回忆。

THE NEXT · KUALA LUMPUR

| Chapter 3 | Post Card |

包晓琳 >>>

POST CARD

TO: 2004年深冬的我

　　你好吗？我很好。

　　你那会儿就喜欢《情书》里这矫情对白，一边花痴藤井树（男的那个）一边愤慨现实世界的爱情太不堪。马上毕业了，你还忙着写那两首极不着调的歌词儿，也不懂赶紧整段黄昏恋，告别单身，傻。

　　不过傻人有傻福，就因为那两首小破词儿，过几天就会有个文艺青年借个肩膀给你靠靠（你不就好这口儿？）小狗骗你，没你，哪有站在槟城海边，打电话给他的我。

　　　　　　　　　寄自：槟城某情侣遍地的海滩

吴忠全 >>>

POST CARD

To: 小Z

　　最近我一直在找一些老歌来听，就是我们在一起时听过的那些歌，奇怪的是，这些年过去了，那些歌怎么一点也不走调呢？你一定会说我变了，变得矫情了，可是你看，我的字还是这么难看，所以我相信，只要一看到这些字你就会知道我还是原来的我，那么，我也就不用署名了。

冯天 >>>

Post Card

To 林壁炫：

　　当初进十五强的时候，我们三个说要好好努力，争取
到时候一起去日本玩。每日深夜里我们总是要重复那样的对
话——"你在写么""你开始写了么""你写多少了"，生
怕作为好友的对方偷跑出很远而不自知一样。这次虽然只有
我和颜东去了，但去的是吉隆坡，大概去日本的约定并没有
被打破或者被先实现，或许要等我们都变得有钱又有闲的时
候，它就能达成了。

　　最后告诉你个好消息，我到吉隆坡后，终于变得跟你一
样胖了。

From120斤的冯天

颜东 >>>

POST CARD

亲爱的 *LV*:

　　我在马来西亚，天气很热。夜晚到的酒店，在房间里听
到海浪的声音，第二天就看到了海。
　　是的，即使面对着大海，我依然散不开胸怀。但好歹，
走了那么远的路，看到不同的人，仿佛就觉得自己还是有机
会变成好一点的人。
　　我总希望你快乐，虽然不好的事情一再发生，但至少，
在收到明信片的这一刻希望你有哪怕一瞬间的愉快。

　　　　　　　　　　　　　　　　　　　　　　　颜东

THE NEXT · KUALA LUMPUR

Chapter 4	The Spark

包晓琳 >>>

【乔治市正义女神塑像】

在乔治市最高法院前面屹立着一座白色的雕塑——正义女神塑像。听导游大叔说，这个雕塑原本是摆放在法庭里的，只是后来被当地人移到了对面的街上。（是打官司的人太多没地方放了吗？！ ＝＝）在经历了岁月的洗礼之后，四个方向的四座女神像便出现了一些残缺，有的像维纳斯一样断了手臂，有的甚至是掉了脑袋，当地人便吐槽说："这是法律不公正的表现。"其实这只是一个戏谑的说法。而树立这个塑像的真正意义是为了纪念一位律师——苏格兰人Logan。在马来西亚被英国人统治的时代，他拿起手中的笔打抱不平，用自己书写的文字帮助当地受到欺压的印度人夺回了赖以生存的土地，被英国人视为公敌，却得到了当地人的爱戴。

无论在哪一个国度、哪一个时代，总会有一些不朽的英雄故事，他们超越了种族与国籍，将正义与公理的力量传递给需要的人，自己却只是黯然离开人生的舞台。在马来西亚生活了八年之后，Logan因为蚊虫叮咬罹患疟疾离开了人世。当地人为了纪念他，将他的头像雕刻在正义女神的环绕之中，象征着公理和正义永存人间。

*槟城义兴街

吴忠全 >>>

【 槟城义兴街 】

这是一条古老又破败的街道。当我站在它的入口处时就会想，这样一条街道如果是放在国内的话，肯定早就被拆迁了。

义兴街是从前天地会的所在地，马来西亚第一间天主教堂也是在这条街道上建立的，又被称作为"葡萄牙教堂"。义兴公司曾在这里设立总部，我想这就应该是这条街道名字的来源吧。只不过后来到了19世纪末，在拉律锡米械斗时，义兴公司被客家海山公司击败了……不过这些都已经是历史了，留在书本的字里行间与人们的口耳相传中。

　　现在的义兴街大多还保留着当时的建筑，只不过沿街的门面都变成了商业店铺。很小的一家又一家，门口挂着宣誓官的名字，店铺的桌子用具和五颜六色的水桶都摆到了街面上。屋子里白天也亮着日光灯，吊扇也永不停歇，偶尔也有用得起空调的店铺在门前用繁体中文写着"冷气旅社"或"冷气茶坊"，吸引着顾客。

　　整条义兴街就像是一部活着的历史，把自己与周边现代化的摩登建筑隔绝开来，如同一个年长的姑娘仍旧保留着自己内心的那份孤独。无论世界怎么变了模样，它仍旧我行我素地驻足在原地，等待着有人来揭开它的头纱来探寻它的意义，也守候着这一座海滨城市那数百年的沧桑，待海浪再一次冲刷过礁石，或许就能等到那归来的旅人。

冯天 >>>

【槟城大桥】

我一直都无法搞清在河面或者江面上建桥的原理，无法参悟人类是如何在昼夜涌动的流水中打桩固基——更不用说在两岛之间，跨过宽埂的海峡把桥给架上去，细长得如同一根皮筋。途经槟城大桥时，只觉得车子笔直行驶在蓝与蓝的缝隙里。而身居桥左侧不远的位置有个绿岛，依稀还能看见破败高耸的白色大门把锁在海上的岛又紧锁了一重。

导游先生告诉我，这座岛有两百多年了，同等于槟城的历史。

在医疗还不发达的时候，它用来承接被驱逐的麻风病人，让他们远离健康人群。随后又被改造成了监狱，几乎就是任何悬疑恐怖小说里禁闭岛的现实版原型。但马来西亚的监狱和其他地方的又不尽相同，我们在吉隆坡住的名叫 Furama 的五星酒店最好的套间窗外，可以看到市中心一片高楼中唯独有一块单层建筑。它被郁郁葱葱的热带植物包裹，结构却复杂得像美国的五角大楼——那竟然也是一座监狱。马来西亚的监狱神似植物园，人第一眼的目光总会被生长在监狱里昂然蓬勃的植物给吸引，引发关进去也非多可怕之事的感想。

而槟城大桥右侧同等距离还有一座岛，小得可怜。导游先生解释说那是失败的人工岛，原本可有十多个足球场那么大，但海水涤荡沙泥，慢慢就把它吞噬掉了。我心里却觉得这是应该的。人类治愈了麻风病，能在海底打通隧道，但自然始终存在某一部分，是无法被人类复制、模仿和改造的。

＊槟城大桥

＊马六甲海事博物馆

颜东 >>>

【马六甲海事博物馆】

刚刚重温过《泰坦尼克号》的人多多少少对于大船有一些情结。马六甲之行中，从马六甲河弃船上岸，从一个博物馆出来转个弯突然映入眼帘的就是这样一艘船，一艘像模像样的、堪称庞大的，关键是完完全全坐落于陆上的船——对于内陆长居，甚至没有看过海的人而言，当即确实十分惊艳。

远远看去，船身通体紫檀色，桅杆高高支起，造型相当大气别致。作为一座实实在在的建筑而言，这造型确实是异想天开。就这样看着它，难免会联想到宫崎骏的动画，幻想它也是一座无所不能的移动城堡。

但这只是仿造船形建造的一间海事博物馆。

据说几世纪以前，一艘载着马六甲大量宝藏的船在前往葡萄牙的路途中发生意外，最后沉没在马六甲海岸附近。这座海事博物馆就是在 1990 年依照那艘葡萄牙航海船的结构建造而成。攀上船顶，沿旋转楼梯往下，可以看见橱窗中陈列着马六甲各个时期遗留下来的各种物品，历史感十足——虽然我一边参观一边仍然抑制不住心里关于拥有一座这样的房子的幻想，实在荒谬。

但是一座船一样的房子，真是我心头的梦啊——只好多合照几张留念了。

THE NEXT · KUALA LUMPUR

Chapter 5	My Diary

包晓琳 >>>

4月25日 槟城 大晴天
【去海边吧】

清晨，当我打开阳台的落地窗，一整片大海便越过椰林闯进视线中，若不是前一晚拉开窗子时只看到了满眼漆黑，当然也就不会有这么震撼的感觉。这个时候，除了学着麦兜大声感叹着"水清沙白、椰林树影"，真是再也找不出其他贴切的形容了。槟城，正是以这样一个浪漫美好的早晨迎接所有人的到来，随便走一走，你就会爱上它湛蓝的天空，随处可见的热带植物，干净梦幻的白色房子。放眼望去，尽是东西方风格交融的建筑和肤色各异的行人，他们悠闲地走在街上或骑着摩托车在窄巷中穿行而过，脸上带着好像会传染的幸福感，没有人是行色匆匆疲于奔命的样子。

参观完了槟城首府乔治市的市政厅和市议会礼堂，知识渊博的导游大叔几乎为一行人讲述了整部马来西亚华人的奋斗史。他一边讲解一边不断地掏出地图和相片，我不禁怀疑他随身的腰包是一个哆啦A梦的百宝袋。他带我们来到位于华盖街的圣乔治教堂（St. George Church），这座马来西亚最古老的英国教堂由气派的圆柱和尖顶构成，门前的白色圆顶小亭当中，竖立着为纪念槟城的开埠元勋法兰西斯·莱特而建的纪念碑，教堂所在的这条街道也是以莱特先生的名字命名的。站在门口，瞧见我们拍照留念的白人大叔热情地邀请大家进入教堂内部参观，怀着敬畏之心坐在教堂的长椅上听他娓娓道来教堂的历史。幸运的是，我们所看到的教堂早已修葺一新，被历史风化过的陈旧外表已被明亮的白色外衣所取代。

　　在侨生博物馆感受华人对马来西亚的影响力，一位近九十高龄的"娘惹"（当地马来人与华人的后代，妇女被称为"娘惹"，男性则称"峇峇"）老婆婆吸引了所有人的注意。听说婆婆是当地的红人还参与过多部影视剧的拍摄，大家兴致勃勃地与她合照，临走前她还开心地邀请我们关注她："回去记得加我的facebook 哦。"我们笑说："中国还没有 facebook 啊。"心里想的是，婆婆，你也太萌了吧！

　　下午一返回酒店大伙就迫不及待地跑去看海，就这样，在阳光下与大海嬉戏着，任时间像海浪一样冲刷过每个人的笑脸，好想时间过得慢一点、再慢一点。（喂！我说，这才是第一天呀！）

吴忠全 >>>

4 月 26 日 阵雨

早晨从槟城出发，目的地吉隆坡，中途短暂在怡保停留，沿途风景无限，却很累。

可能是槟城的酒店设施完善风景优美，也可能是槟城的大海碧蓝如洗又波涛汹涌，还可能是嘈杂的夜市闲逛很晚才会收掉，离开时竟有些恋恋不舍，一整个路上还都在回味与不断地回望，天空可能不习惯我的眷恋，于是就下起了雨。

雨下了不久便停了下来，天放晴没多久又落下雨来。导游说马来西亚的天气就是这样，反反复复的。我透过车窗看到远处的一座山，云雾缭绕的，就像把天空捅破了似的。

到达吉隆坡的时间是傍晚，行李放入酒店后去了唐人街，全世界的唐人街可能都是一个样，头顶悬挂着大红灯笼，低下头很快就会埋入人潮之中。小贩们见了中国人挥着手说："真的吗？"我猜中国人在他们这边买东西的时候，说的最多的一句应该也是这句话。

晚饭也是在路边吃的，一群人围着一张桌子，吃着中国菜喝着啤酒饮料，头顶的风扇不知疲倦地旋转着。我看到隔壁座位的一对夫妻默默地对坐着，男人好像喝醉了，闭着眼睛睡着了。后来我们还玩了一些游戏，好几次都笑得我肚子痛，笑得我都快忘记是在国外了。

　　我们是散步回酒店的，夜已经深了，还好路没有走丢。本来这是完美的一天，但夜里我却发起了高烧，整个人蜷缩在被子里冷得发抖，还迷糊着起不来，最坏的时候我想不会就这么葬身他乡吧，但还好不久天就亮了。

冯天 >>>

4月27日 晴

【晴天好晒肉】

　　这是我这种糙汉子才领略到热带阳光的杀伤力而开始认真涂防晒霜的第一天。而全天的好心情也是由郭总的一句"你今天好像瘦了点"（事后看照片发现并没有瘦，依旧肿得像猪头）而开启的……

　　马来西亚的气温总是将我打败，每次想穿两件短袖好好搭配下出门，一出酒店就热得浑身湿透。马六甲难得没有很热，曾先后沦为葡荷英三国殖民地，目今街上依旧是成群结队的老外，加上相似的建筑风格，让人总有来到欧洲的错觉。包晓琳一上车就问导游马六甲有没有卖"东革阿里"的，她要买给她家里长辈。我们问那是什么呀，导游悠悠地回答："壮阳药。"

　　我们先是乘船游览了马六甲河，大家前一秒都还在各种矜持地拍定照，结果有人嗷地一嗓子说："看，大得吓人的蜥蜴！"结果大家纷纷欢乐小碎步奔向了树上匍匐休息的蜥蜴（它被我们吓得抖了抖）……下小船后我们接着参观了大船，三层楼那么高，里面与《加勒比海盗》的"黑珍珠号"一模一样。接着我们又坐上了可以水陆两开的鸭鸭船，（真的不是鬼打墙，我们整个上午几乎都在船上，仿佛置身威尼斯……）最后在船上美美睡了一觉，以致睡梦中依旧听见摄影师敬业的"欤欤欤"按快门的声音。之后参观了他们的海关博物馆，里面放置了各种违禁物品，从打印机、海龟标本到野兽皮草、枪支弹药应有尽有……随后我指着一个颇为好看的美女木雕问："为什么这个也违禁啊？"然后海关人员淡定地把美女木雕穿着的薄纱扯掉说："因为它是全裸的。"当时我真是比自己全裸还难堪。

最后一程是去鸡场街观光，已经在前一天买过咖啡的我们又几乎搬空了半个店里的白咖啡……同行合作方的一位女生始终在找有没有"追风油"，我问是干吗用的，她说如果你有了，你就抹点在皮肤上，它就会渗下去，并且有刺痛感。我恍然大悟："原来是验孕的啊！"结果那女生从此就再没答理我……

颜东 >>>

2012 年 4 月 28 日

　　出来了几天，第一次终于可以在早上睡到十点。这一天没有特殊安排，于是懒懒散散洗漱完毕开始收拾行李。

　　就着酒店房间窗子前的沙发凳写了张明信片，说是交给酒店前台可以帮着邮寄。

　　打点清楚之后一行人又出了门。在双子塔前又拍了些照片，太阳很大，晒得街边的铁栏杆滚烫。街上人也不多，看上去都是些游客，停在我们拍照的地方，也在拍照。

　　在商场吃了饭，约好四点咖啡店集合回酒店退房后，就近逛街。逛了几层楼，买了些小纪念品、一件 T 恤、一条裤子，几乎花光了来之前兑换的所有马币。遇见很多好看的店子、合适的衣服，只是买不起，悻然而归。想到很久以前一个朋友说最想成为一个不用心疼钱的人，此时此刻，深以为然。

　　下午如约退了房，被领去一个叫做"新峰肉骨茶"的餐厅吃饭。来之前就有听说肉骨茶是马来西亚当地特色美食，猪排与其他食材一起炖制，或许放了特殊的药材，有一股特别的香味。餐厅就在街面，连同旁边的另几家餐厅，看起来并不起眼，进去里面，墙上竟然挂满不同时期华人明星前来就餐留下的合影，大牌云集，颇显了得。

　　吃完饭小四请我们看电影——国内还没有上映的《复仇者联盟》，这么说实在是想炫耀一番。因为电影太火，只剩了第一排的票，整个

　　过程都在仰头观看，倒也是另一种感觉，只是脖子有些累。电影非常精彩，算是整个马来西亚之旅的一个好的结束。

　　之后就直接去了机场，换了登机牌等待登机回国。

THE NEXT · KUALA LUMPUR

| Chapter 6 | Eyes Open |

跨过一片海峡

文 / 包晓琳

『壹』

大约是在明朝，有一队福广两地的商人团队乘船跨过马六甲海峡，在现今的马六甲市一带上岸。他们生着黄色的皮肤，男人也梳长发，见到土生土长的当地人赤裸上身在大太阳下砍树，不由蹙起了眉头看着彼此。

第一个与他们说话的人，操着他们听不懂的语言，虽然语言是不通的，但从对方脸上的笑容他们读出了些许善意。这世上的关系无非两类，既然大家不是敌人，那以后就是朋友了。这些商人学着当地人的模样拿起了工具，这才明白砍树是做什么用的，原来和自己家乡一样，他们砍树是要盖房子。你在未开垦的土地上盖了房子，那片土地就成了你的。

很快，横跨海峡而来的黄皮肤的人就被这片陆地上毒辣辣的太阳晒黑了脸颊。这里四季炎热，他们学着当地人的样子盘起了头发，穿起了好似裙子一样的服装。时间长了，话也渐渐听懂了一些，也曾学着说，好在生意人脑筋灵活，学说起当地人的话，想来也并非难事。除了当地人，华人也结识了一些讲话时舌头卷得像唱歌一样的外劳，他们发现外劳很容易就能听懂"鬼佬"说的话，原来是鬼佬统治了他们的国家。

站得笔直的金头发鬼佬说："我要在你们这些人当中选一些首领出来。"那人把首领念作"Captain"，卷舌头的外劳听了便复述成了"甲必丹"。

吃一样的饭喝一样的水，日出而作日入而息，在海上漂泊染上的咸腥气早已被浓烈的香料气味所掩盖。当地盛产香料，用香料制成的料理带着些许辣味，吃起来唇齿间酥酥麻麻的，很特别。长期在一起劳作的年轻男女，日子久了就生出了爱情，就好像一首歌中唱的：

满身风雨我从海上来
在千山万水人海中相遇
喔 原来你也在这里

就这样，当地的妇女嫁给了华人的男子，生了儿子，儿子呢，又生了孙子，就这么子子孙孙繁衍下去，逐渐形成了一个族群，当地人就叫他们"海峡华人"。海峡华人是中国人的后裔，男性叫做"峇峇"，女性便称"娘惹"，他们继承了华人传统的婚姻观，有的娘惹小小年纪就要嫁给别家的峇峇，相夫教子侍奉公婆，一副楚楚的模样，就有了一个昵称：小娘惹。

海峡华人彻彻底底在这片绿色的陆地上安定下来，世世代代，劳作生活。

在槟城的首府乔治市随便走一走，随处可见的中国字和华人文化会让人产生"我人真是在国外吗？"这样的疑问，直到你遇见那些相貌陌生的马来人，也许稍能体会几百年前那队商人初踏这片陆地时的迷茫和内心的慌乱。

槟城不光有马来人、华人，还有英国人、印度人、中东人，整个东南亚最古老的英国教堂都是为纪念创建这座城市的英国人莱特而建。这里的人说着不通的语言，操着迥异的口音，甚至连信仰都是不同的，却都在此地生活下来，把曾是一片荒岛的大马建设出了今天的繁荣。

都说人类渺小，大自然强大，那队站在南中国海挥别亲人的商队不是不懂得这个道理，但他们告诉自己不要多想，小小年纪惧怕得太多反而迈不动步伐，一想到要去海那边冒险就沸腾起来的热血，在这些年轻男人的血管里流淌着，于是，天空中飞过的几只海燕看到一个水手模样的小伙子果断地将帆扬起，如离弦的箭一般，船向着空茫的大海勇敢地起航。

探险，从来都不只是属于西方人的专利。

『贰』

关于海峡华人的故事被完整地保存在位于乔治市义兴街的侨生博物馆之中。

说起这条名叫"义兴"的老街，还有另外一段故事：那福广两地来的商旅之中，有一批人原本是天地会（也称洪门、洪帮）的会员，在此地住下后，他们将自己所处的群体重新取名为"义兴党"，取天地会的"忠心义气、互济互助"

之意，他们住的那条街也被命名为"义兴街"。如今从义兴街上走过，旧时的江湖义气已被饮茶聊天这种休闲的生活方式所取代，以中国名茶为卖点的茶室、摆在街边叫卖的潮汕小吃，从这些点滴之中才能领略一些早期华侨生活的遗风。

但侨生博物馆无疑藏着一段浓缩的历史。

站在巷子里向这座淡绿色的复式宅邸望去，能瞧见两扇门，迎宾的一扇门上挂着写有"荥阳"二字的匾额，临街的门却是紧闭着的——我猜这多半才是旧时的正门，由于不利于看管便锁起来——门上书有"海记栈"三字，据说是老宅院的原名。

19 世纪末期，华人甲必丹郑景贵建成了这座私人的豪华宅邸。说起这郑景

贵的父亲便在那跨海而来的商旅之中，但郑景贵却不是在马来出生的。他从老家到达马来半岛时，其父已经是一位响当当的成功商人了，他随父投资开采锡矿，成为当地有名的采锡商。这人有副侠肝义胆，本身虽是个商人，但每每碰到华侨受人欺负，他便见义勇为挺身而出，因此深受当地侨民的爱戴，被推举为领袖。他发达之后常回中国省亲，几次为家乡赈灾捐款，资助建设铁路，兴办学堂，是个不折不扣的华侨慈善家。

站在花梨木的屏风后面透过宽宽的缝隙向前厅看，找寻着当年"小娘惹"相看夫婿时的视角，不觉多了一份情趣。峇峇和娘惹多数生在经营贸易运输的富商家庭，从小受到多元文化的熏陶，精通马来语，却奉行中华习俗，英国殖

民此地之后，更受到西方文化的影响，有着华洋交融的生活方式，这些生活方式全部体现在住宅的装潢与装饰上面：雕花的楼梯、屏风、日常家具，镶嵌贝壳的长椅，东方的工笔画、佛像，西洋的吊灯、镜子、雕像、地板、留声机、暗箱相机。置身其中，难免目不暇接、晕头转向，正如英国作家毛姆到访槟城时所说："若您没看过此地，那您还不算看过世界。"原来不用费力将城市走遍，世界，已尽在这小小的宅院之中。

踏进娘惹的棋牌室，我们兴致大发地研究了一番摆在桌上的纸牌麻将，为辨认出某张牌面代表的含义兴奋不已。旧时峇峇在前厅讲男人们的生意经，娘惹就躲在这小天地里分享闺密之间的小小快乐，那一定是一段十分惬意的时光。

　　上楼时，看见主人收藏的"情人椅"，也忍不住坐上去感受一下浪漫的滋味，娘惹找到她中意的峇峇，坐在这情人椅上谈谈情、说说爱，步入婚姻。卧室里的床上摆着西式的婚纱，衣架上挂着传统的凤冠霞帔，我拿起梳妆台上的旧时胭脂，想那待嫁的姑娘坐在镜前把自己打扮出这一生最美的样子。一条红线，牵起了海峡，半岛上的姑娘和清朝来的小伙就是在这样的老宅之中相扶到老。

　　于千万人之中遇见你所要遇见的人，于千万年之中，时间的无涯的荒野里，没有早一步，也没有晚一步，刚巧赶上了，那也没有别的话可说，惟有轻轻地问一声："噢，你也在这里吗？"

　　张爱玲在《爱》里写道。

『叁』

有华人的国度自然少不了 China Town，较之槟城的唐人街，吉隆坡的"茨厂街"是一条更为热闹和著名的街道，在这条街上走着，悬挂在头顶的红色灯笼让我觉得好像过大年时在逛庙会，可季节分明是夏天，匆匆而过的行人都穿着短衣短裤，一股糖炒栗子的热气却扑面而来。马来西亚四季如夏，想想就算真的过年，也就是这番景象了吧？挂着唐山糖炒栗子的大叔在我的镜头之下跷起兰花指摆出一个十分诙谐的造型。

又路过很多凉茶店和面馆，一边摩肩接踵地往前走，一边被街边小贩招呼着。小摊主中有许多是马来人，看到东方面孔就日语韩语中国话三管齐下，反正总会有一句碰对了的。

坐在街口的一家餐馆吃饭，扭头就能看见夜色中坐落在不远处的双子塔。它也是吉隆坡的地标性建筑，那片现代化的建筑群和我身后的唐人街好像不属于一个世界，当举头遥望都市的霓虹灯火，却更喜欢坐在这小街里，感受"接地气"的民风。回忆下几天以来的旅程，发觉这条街的状态更像槟城，就好像以前到过的苏州、杭州，总觉得苏州才更符合江南水乡的小巧质朴，而披着现代化外衣的杭州，反而令人有种"这不过又是一个都市"的失落感。小地方的人渴望来到都市，厌倦了喧嚣的都市人又喜欢这种优哉游哉的小情调。我坐在街口望着双子塔时，说不定站在大厦里的人们也站在落地窗前看我，好在吉隆坡这两种地方都有，无论你喜欢哪一个，都是拔脚就到的便捷。

『肆』

在马六甲，如果说去荷兰城的人是为了看"红屋"，那么到鸡场街就是来感受文化的，鸡场街一带曾是马来半岛上最早的华人聚居地，已有300年的历史，到处都是古董店、手工艺作坊和各省的会馆、土产商店。

得知摄影师要拍摄一组入乡随俗的相片，导游大姐将我们带到一家专门制作娘惹服饰的手工作坊，店里挂满色彩艳丽的服装卡峇亚（Kebaya）和闪着璀璨光芒的珠绣鞋。传说中一位娘惹为做一双珠绣鞋要花上长达两至三个月的工夫，更有甚者熬瞎了双眼，之前以为导游只是随嘴说说，都没当真，直至看见真正的珠绣工艺，才不得不相信了。

　　珠绣和刺绣是制作娘惹服装和鞋子必不可少的工艺，试想将上千粒如小米般大小的珠子穿过细如发丝的透明线，一颗一颗缝制而成，没有点耐心的人恐怕很难完成如此细致烦琐的工作。我小心翼翼地穿上质地轻薄的玫瑰色卡峇亚上衣，再配上一条绣满花纹的峇迪沙笼裙，由于穿得过于小心翼翼第一次连扣子都扣错了，差点闹了笑话。试穿店老板拿给我的珠绣鞋时，我都生怕自己的一双大脚踩坏了那些历经千辛万古才缝上去的彩色珠子。穿上这么富有当地特

色的服装，我们提议和店里制作这身行头的手工艺技师一起拍张相片，技师一
现身就让大伙吃了不小的一惊，竟是一位身材偏胖略微谢顶的大叔，瞧他端起
绣圈有模有样地穿针引线、动作麻利的样子，让我这位临时上岗的"假冒娘惹"
都有点惭愧形秽了。

　　这条街上多数的古董店都带有浓浓的商业气息，反而是坐在车上那些一掠而
过的各省会馆更能吸引住我的视线。我看到一家挂着"永春会馆"招牌的建筑
物，想起前些天在槟城见过一家"叶氏宗祠"，永春，叶问，好像刚好配成一对，
这些都成了旅行途中有趣的小作料。

　　穿过一条腾空而起的金龙花灯，有一家叫"三叔公"的土产店是让我们一

行人流连忘返的所在，除了那条金龙，店门上方的广告牌上居然还印着一个硕大的福字，福字左边写着"2012 新年快乐"，不知是不是过完农历新年的掌柜舍不得摘下就留到了现在。

在这家店子吃到了榴莲味的 Cendol——一种中文译作"煎堆"或"煎蕊"的食品——第一次吃是在槟城的小摊车上，浓郁的椰糖香气、解暑的红豆沙冰，还有一种叫不出名字的浅绿色面鱼堆出满满的一碗，不快点吃掉就会马上化作一团，吃第一口大伙就连连大叫着"嗯，好吃！"感觉像是小时候夏天放学后，挤在校门口的小摊前，吃几毛钱一碗的刨冰时的酣畅淋漓——但碰到榴莲口味的，就不是每个人都能开心享用了，不喜欢榴莲那种气味的又不愿薄了人家的盛情，只好勉为其难地拿起勺子尝上一口，一口下去也是龇牙咧嘴囫囵说着"味道好怪！"反倒让喜欢榴莲的几个人得了口福，当然就算我一个。我和颜东等不及其他的上桌就将一碗榴莲味的 Cendol 分吃得开心，可怎奈眼睛大肚子小，看着无人问津的一碗碗新鲜的 Cendol 除了遗憾地摇着头说"吃不下了"，真是没有其他的办法。

"三叔公"的负责人中有一位长相甜美的华裔女孩，想起之前导游说马来人看女生是以身材圆润、皮肤黝黑为美，而华人的审美还是讲究身材窈窕、皮肤白净，我饶有兴致地悄悄问戴眼镜的导游大姐："这样的应该算是华人眼中的美女了吧？"她微笑着点点头。于是下一秒钟，男生们就纷纷跑去跟那位姑娘合照，我看到姑娘白皙的脸颊上泛起了红晕，倒是更添了几分好看，不知是谁开玩笑地说："要不是长相足够吸引眼球，怎么能成为这家店的活招牌呢？"无论走到哪里，美食和美女，总归是会让人长久驻足的两样东西吧。

『伍』

一直随行的导游张先生，是客家人，普通话、闽南话和粤语他都会说，听他一连几日来的描述，基本能够感受如今的马来华人特别是像他这样的工薪阶层的生活现状，提起自己身处的国家，他不无自豪地说："我们马来西亚啊，比上不足比下有余啦，没有自然灾害，生活呢，也算比较安逸啦。"

他笑称自己和太太现在是"月光族"，除了为吉隆坡买下的一处房产支付月供外，还要把三分之一的收入留作下一代的教育投资，"就是希望下一代能多读点书，将来有个好的前程啦"。无论走到哪里，华人世界的父母都拥有同样的心愿——望子成龙。当年的甲必丹郑景贵一座又一座地修建学堂，一定也想着子孙后代能用知识改变命运，再不用看西洋人的脸色。

张先生的太太是坐办公室的职员，他自己呢，就带游客到处跑相对来讲工作性质比较自由，索性一直就这样生活过来了，也没打算再谋其他的职业，他想了想偏着头说："不过怎么说呢，比上不足比下有余啦。"他真是挺喜欢说这个成语的，一连用了好几遍。

由于大马的医疗费用低廉，附近的印尼人和泰国人都喜欢来这里看病求医。提起印尼海啸，他总在强调马来西亚被其他国家环抱其中，不用担心类似的自然灾害发生。我想起一路走来看到那些脸上总挂着满足神情和微笑的人，他们在这个巨大的花园之中闲庭信步着，除了把小日子过得美满幸福他们好像什么都不愿意多想，不知道这到底是我的错觉还是事实就是这么一回事。

张先生的国语说得不算标准，我又坐在面包车的最后一排，说实话，多数时候我是听不懂他在讲什么的，他像许多海岛上的中年男人那样穿着花格子半袖衫，走起路来肩膀摇摇晃晃的，在路上捕捉到有什么新奇的食品，就会一声不响地下车去买回来给我们尝鲜。

在怡宝市的小吃店里，我们品尝到了一种奇怪的柚子，不是在国内常见的那种黄色的柚子，而是通体青绿色，让人有种"铁定没熟"的误解，他让老板打开一个招呼我们分着吃。"很甜的，"他说，"你们不信啊？真的很甜！"他说着便递过来一大块，我将信将疑地剥开来吃，果然吃到嘴里没有一点酸味，就连一般柚子那种苦涩的味道也不见了。我忽然想到了一句古话："橘生淮南则为橘，生于淮北则为枳，叶徒相似，其实味不同。所以然者何？水土异也。"

如张先生一般的新一代华人，早已经生根在这里，他们的祖先从海峡那一边初到这里时，绝不会想到有一天自己的子孙会为这尚未开发的半岛感到自豪，趁他托起一颗硕大的甜柚时，我端起相机拍下了他绽开笑脸的瞬间。

『陆』

旅途中吃过的"娘惹料理"中有一道名菜，名字叫做"马来西亚风光"。第一次吃时大伙都觉得奇怪："这不就是空心菜炒虾仁吗？"即将离开之前，最后一次用叉子挑起盘中绿油油的菜心，想起在飞机降落前看到的景象——咸咸的海风吹拂着热带植物的叶子，一片绿色的国度铺展在我的面前，这才后知后觉地说："终于明白这道菜为什么要叫马来西亚风光了。"

从海上来时，第一个看到这片陆地的商旅应该没有失望。

船停泊之前，他就已经做好了留下来的准备，他在这片陆地上看到了满眼的新绿，把这当做生命延续的象征，千百年来他的祖先就曾教导他们：有绿色的地方就是生机的所在。

这绿色还代表着一样东西，在海峡的另一面，用他们的母语讲出来——先用舌头抵住牙齿，再把嘴巴张成圆形，就这么发出两个字的声音，他对同伴轻轻说道："希望。"

【完】

堕落的飞翔

文 / 吴忠全

『 起飞 』

飞机飞向九千米的高空，云层遮挡住大地，耳畔的轰鸣声夹杂着些许的不适感，我把安全带又系紧了一些。

第一次乘坐国际航班，难免有些好奇，空姐的衣着、屏幕上的演示画面，就连供应的饮食也要与国内对比一番，得出的结论也无非是旅途中的调剂小品。空调吹得太冷，我把毯子盖在身上，闻着上面陌生而新鲜的味道，戴上耳机，把音乐调成约翰·列侬，闭上有些发涩的眼睛，能感觉到自己是在飞翔。

闭上眼睛还睡不着，昨夜睡得不好，身体就会产生一种报复的兴奋感，这一点可能是自己与他人的区别，是人就都该有区别吧？我是这么想的。

身旁的人在说笑着些什么，大抵也都是旅行之中的话题，我偶尔也会参与几句，但耳机没有摘下来，说话的声音就难免被放大，打扰到其他欲睡的乘客，也只能目光中送去歉意。我冲空姐要了一杯红酒，喝下后身体轻松了许多，我把毯子裹得更紧了一些，这一次真的睡了过去。

醒来时飞机已在降落，此刻已身在国外的感觉很奇妙，也发觉世界果真如此的渺小，也想知道半个地球外的你好不好，在过了这么多年后，在遇见新奇的事物或是境遇时，还是第一个想要与你分享的心情，真的一点都没有变。

我有时会好奇自己怎么会如此的幼稚，仿佛心智停留在很遥远的一个节点就再也没长大过，尽管我的容貌跟着年龄变迁，思想随着时间苍老，可心里永远住着一个长不大的孩子，时不时跑出来撩拨我一下，让我怀疑岁月的重量。

是的，说了这么些废话，我想说的其实只是，在来来去去了这些年后，此时是离你最遥远的一次，我在马来西亚，我很好。

『 浓稠的夜 』

槟城，香格里拉酒店，冷气十足，推开房间与阳台的隔断，温热的空气便把自己包裹住。坐在阳台的椅子上，能听见海浪声，而因这夜的遮掩，却看不到海面，只能望见椰子树的葱郁下露出一隅的游泳池，在细微的灯光下如夜航下的一盏灯塔，安静地守候。

偶尔有行人从游泳池边的小路走过，也可能不是泳池边的小路而是草坪或是石阶，管它呢，反正都是轻轻的步伐，不疾不徐的，只是一种散漫的姿态。身影被树木遮挡住，只闻得到声音，也是不想被打扰的音色，让人联想到一个叫做"安逸"的词语，很想平躺下来，吸一口海风呼一口嘲弄，世界就是自己的了。连蚊子也蹑手蹑脚的，唯恐翅膀的振动搅乱这浓稠的夜。

应该会有想死在这里的念头吧？可人生还长着呢，让你想死的地方还很多，只是玩笑话罢了。生与死从来都不是自己的选择，只是宿命的安排。生于世，走一遭，得过且过，及时行乐，荒唐至极。

如果厌烦了这般宁静，走出酒店沿着小路前行，头顶有高大的不知名的热带树木，一直向前一直向前，便会看到灯火通明的夜市。和所有城市一样，夜市永远维持着这座城市白日里热闹的尊严，好像是在对比着什么似的，人声嘈杂得如同战场，绵延几里，此起彼伏。

靠左通行的规则有些不习惯，总觉得从小培养的世界观被颠覆了一般莫名其妙，就如同我抬起头再也看不到北斗七星，我想或许他们仍旧悬挂在那个亘古不变的地方，只是我看不到罢了，也对，在如此灯火璀璨的地方星星都躲藏了起来，它们都是安隐于世的个性，从不与其他争些什么。

反过来，人生存于这个世界上大多数的时间都浪费在等候与争论上，如同夜市的小贩般，站在路边一个晚上，等候那一个与他讨价还价的顾客，再之后分道扬镳老死不相往来，无非都是生命中匆匆的过客罢了。

我沿着这一条夜市的路走了很远很远，挑选了几件小物品，也讨价还价了很多次，有妥协的有胜利的，直到在尽头遇上那艘大船，不知是停泊还是搁浅在港口，或者只是被硬拖到陆地上的景点，此生再也不能漂泊，那如此伟岸的船身，也就再也不会被海浪拍打了，它应该会感到寂寞吧？也应该会回首往昔乘风破浪的年轻岁月吧？还是说它已经死了，死在了那一年的旱季里，身体出现了裂纹，轻轻一踏就断了。

我站在路边点燃了一根烟，空气中的水分让这根烟燃烧得有些不情不愿。我想还是往回走吧，再繁华的夜市也有收摊的那一刻，只是看你愿不愿意等下去，就如同再疲累的人生也有结束的那一天，就看你愿不愿意活下去。

吸过那根烟，我的衣服已经被汗水湿透了，这夜还真是够热。再望一眼怎么也望不到尽头的灯火，想着何不倾盆一场大雨，让我在有限的生命里，也能酣畅淋漓一次。

『 太阳雨 』

有时我想要表达一种感受，这种感受简单又复杂，是从心底倏然升起的惆怅，没头没脑地占据住全部身心，而想要书写出来的话，却又千言万语也倾诉不尽，且还变了模样。但头顶的一片云飘了过来，落了一场太阳雨，一下子就全部概括了。

从圣乔治教堂走出来的院子里，生长着一棵大树，看起来应该有几十年或者几百年了，树上开着不知名的小白花，风一吹落了一地。教堂的墙体与屋顶也是白色的，听神父说二战时期屋顶被炸毁过，现在见到的是重新修复的。

似乎所有的生命都不再是原来的模样，屋顶炸毁了可以重新修复，小花落地了明年还会再开，那此刻站在它们面前的自己，是不是也早已不是当初的模样，也早已在不经意的经年间丧失了原来的容颜，而现在与它们相遇的自己，在很多年以后，我们还能重逢吗？再重逢的话也都不再是如今的我们了吧？

我陷入循环的沉思中，找不出个答案，于是天边就飘来了一朵云，落了一场太阳雨，我就什么都不必说了。

我站在那棵大树下避雨，看着盘结的树根，暴露在地表之上，有几只蚂蚁在寻觅或者是搬家，也有几片叶子提前枯萎落在上面，能够感到时间的匆忙流逝，自己不回头也能看到过往。如果我能和从前的自己相遇，一起等待未来，就在这棵树下，平躺下来，躲一场太阳雨，看海风早已把这座城市湿化透了。

那场太阳雨很快就过去了，没有人撑起雨伞，可能是还没有来得及。一整条古老的街道，在云与太阳的光影间斑驳，发霉的房屋仍旧发着霉；停靠在路边的汽车怡然自得；店铺里的老板娘打了一个瞌睡，用扇子轰走了苍蝇；围着头纱的女人，怀中的孩子好奇地打量着这个古老又新奇的世界。谁都没有被这突如其来的雨打乱了节奏，他们太习以为常了，马来西亚的天气就是个难懂的小孩，哭与笑都是突然与仓促的，早就没人在意了，就像槟城的广告宣传语那样写道："数百年传统是日常生活的一部分。"

就连下雨也变成了传统，这本就属于生活的一部分，我们这些外来人永远都理解不了的，所以走过、停过、短暂居住过，但我们终将离去。

『 在路上 』

离开槟城前往吉隆坡，两辆车子载着我们一路向南。导游用不标准的中文介绍着沿途的风景，建设中的跨海大桥是中国投资的，远处的岛屿从前是所监狱，近处的岛屿是填海造陆失败，最后便只剩下葱葱郁郁的树木，遮挡住视线，

车厢内也就沉默了。

我把头转向窗外，看着右侧的车子迎面驶来，还是不习惯地惊出一身冷汗。我拿出相机拍下一张照片，模糊了焦点，然后看着窗外思考些什么。

相对于所有交通工具，我还是最喜欢汽车的，坐在上面随着车身颠簸，会错觉整辆车子是身体的延伸，带着一颗心感受世界，会有漂泊的感触，也能够思考旅行的意义，或者存在的意义。而不像飞机轮船那般，只是运输着自己的身体，冷冰冰的没有感情的依附。

途经云顶高原的时候下起了雨，瓢泼的大雨拍打在车身上，吵醒了昏睡的旅人，望出去的视线又被雨水温柔地遮挡回来，世界似乎也只剩下这一间车厢大小了。有人说起了玩笑，有人扬起了嘴角，我把空调调小了些，又把帽檐往下压了压，闭上了眼睛。

车厢里播放着马来语的歌曲，乱糟糟的听不懂，但那首旋律和传递的感觉却很奇妙，就像凯鲁亚克的《在路上》，乱糟糟的名字和故事，为的也只是传递一份情感与思想吧。于是我就会想到，无论这个世界怎么乱糟糟的，只要能保持住一颗天真的心和一份满额的爱意，哪怕走过千里万里或者永远在路上，也并不可怕。

中途在怡保短暂停留，很小的一个城，建筑也都是低矮的，不会给人施以压力，有穿着蓝色制服的小女生走过陈旧的街道，清新与古老奇妙地碰撞。在街边的小店买了两包白咖啡，还有梅子之类的东西，也实在分不清口味与种类，尝个新鲜罢了，倒是柚子与国内的相比格外的甘甜，甜得都有些腻了。

吃过午饭，弄不清什么口味的白色鸡肉，我总是对国外的饮食不太习惯，自然也就品尝不出韵味的所在，都是匆忙果腹罢了。再次起程的时候已是下午的时光，天空中飘着大团大团的云朵，也抵达了一天中最热的光景，我坐在车里迷迷糊糊地睡着了，任凭车子把自己载向未知的领域，不期待也不惶恐，如同这漫长的人生，也不就是一场在路上的旅途，出发停靠再出发，循环往复，直至终点，还很遥远。

『 三栖动物 』

  马六甲河，全程 4.5 公里，乘坐很小的一艘客船，九个人的小团队还是让客船显得空空荡荡。驾驶员是当地的一名女性，头上裹着纱巾，不苟言笑的。船行驶得很慢也很稳，但久居陆地的我还是不太敢站至船头，会有晕眩的感觉袭来。

  河流两侧是高级的酒店以及民俗的房屋，整面墙的涂鸦是当地学生的杰作，导游介绍着这条河流的历史，所有的历史也都是那么地大同小异，起源、兴盛、没落、至今。这个世界上任何一样东西都有属于自己的历史，能被记住的成了古迹，供人观赏，被遗忘的也仍旧安详地矗立在那里，不被打扰，不知道哪一个更值得庆幸。人类也大抵如此。

  我还是拿出相机拍了一些照片，只怪天空蓝得耀眼，干净得没有人情味，可一旦投射到河流里，便成了浅绿色，随着螺旋桨的搅动，泛起白色的浪花。

  客船停靠在岸边，跟随导游来到马六甲海关博物馆，再一次走进他人的历史之中，回望着这并不属于自己的尘埃。我总是会在这时质疑这些行为的目的。

我们一遍遍地走进不属于自己的历史之中，是要探寻什么还是要填补什么，如果说旅行是在填补人生中的空白，那我们之前与往后的一生将注定愈加地苍白，见过的越多错过的也就越多。

旅行不过是为难自己的一个过程，我是这么认为的。

离开海关博物馆的时候与女检察官合影留念，她头上也围着纱巾，身材稍胖，皮肤不知是种族的关系还是受马来西亚天气的影响，显得黝黑。她是个性格开朗的女性，笑称我是她的儿子。合影时我把墨镜摘了下来，闪光灯闪烁了一下，我也在他人的记忆中定格了。

海关博物馆的旁边是海事博物馆，是一艘仿造的葡萄牙大运船，博物馆内展示着各种航海地图、模型船、武器及航海仿制用具。导游介绍这座博物馆被称作"海上之花"，同游的人却争抢着要上去船头拍摄泰坦尼克号的经典镜头，我竟突然想起了罗大佑的那首《海上花》："是这般柔情的你给我一个梦想，徜徉在起伏的波浪中盈盈地荡漾，在你的臂弯……"

他们说心里住着一个人，内心就会变得柔软起来，但我却希望自己身上散发着光，那么无论走到哪里，再远的路，再黑的夜，也能找得到路，回到你的身边。

那天游览到最后，我觉得整个身体就要透支了，因昨夜突发的高烧，导致一整天都昏昏沉沉的，即使在三十几摄氏度的高温下也会时不时觉得寒冷，也不再抱怨这遥遥无期的炎热天气让人绝望。

于是当登上旋转塔升至 100 米的高空时，我控制不住地眩晕起来，眼前的景色再美丽也模糊得一塌糊涂。我用力摇了摇头又揉了揉眼睛，看见的也不过是一片绚烂的色彩，被打碎糅进一片浓雾里，如下雨天的玻璃窗，也如记忆深远处的某一个人。

总会在这种时候产生幻觉，像是空间被劫持一般，把我运送到生命中很多次的失重感时刻，有时是在天空中有时是在深夜里，耳边的宁静让耳朵就快爆炸了。

后来，当旋转塔缓缓地降落，我还是看清了整个马六甲的景色：低矮的建筑、红色的屋顶、碧蓝色的游泳池以及远处的海天一色……突然就有了想要飞翔的冲动，跳下去，拥抱这个总是给我惊喜又随即带来痛苦的世界，在生命之上翱翔一次，撞开和煦的风与惨烈的阳光，让天空留下一道划痕，命运就亮了。

这么想着的时候旋转塔就落在了地面上，游客们纷纷起身走出去，我恍惚了一下，看着一小寸阳光落在胳膊上，有了微妙的灼痛感，黄昏在等待着夕阳，远飞的鸟归来了。

『 迷离的眼 』

从吉隆坡酒店 11 层的房间望出去，夕阳如同吸过香烟的嗓子般哑然，余晖掠过古老的监狱围墙落在正在维修的街道上，3 楼的游泳池有一对白人夫妻在游泳，街道对面的 7-11 没有人进出。

我搬了一把椅子坐在窗前，窗户的合叶有些生锈了，发出不太灵便的吱扭声。我看倦了窗外的景色，想着是先洗个澡还是整理一下背包，门便被敲响了，没有做成想要做的任何一件事。与他人相约到了酒店大厅，片刻停留，然后直

奔吉隆坡的闹市区。

星光大道的夜色淫靡得可爱，街边的小酒馆门前围着一群人在舞蹈，领舞的是名黑人男子，编着细小的辫子，跟着节奏舞动身体，不时挥舞双手带动气氛，周围的人也跟着欢呼起来。

沿路排成一排的咖啡馆，可以随便坐下来休息，就算什么都不点也没关系，服务生会冲你友好地微笑，若举起相机他们还会摆出"耶"的姿势，拍过后自己又会觉得不好意思，挥挥手回到屋子里。

再往前去也到不了更远的地方了，目光早已被霓虹灯扰乱，耳边沸沸扬扬的人声与音乐声似乎已妥协了一切。我站在十字路口竟有些怅然，仿佛被抛弃了一般找不到归属感，就如同所有大城市给人的感觉一样，可以停留，可以居住，可以游玩，可以生活，但就是永远感受不到，你是属于这里，或是它属于你。

相对于奢华的星光大道，我更加喜爱的还要数嘈杂的唐人街与美食街，但吉隆坡的唐人街华人少得可怜，只有头顶的大红灯笼能够让人联想起遥远的祖国，或者说是那一个更为遥远的中华民族；也颇为感慨地感到，中国的传统都已被周边的国家传承下来，而我们自己到底还剩下多少底蕴来支撑起那一个古国的称号。

我在遥远的国度思考起这种事情来自己也会感到沉重，于是随即叫自己换上一颗旅人的心，豁达一些，平静一些，快乐一些。

我们那天在美食街的一家中国餐馆吃的晚饭，一群人围在街边的一张桌子边说说笑笑。到了深夜街边还是行人如织，天气也仍旧炎热得不像话。我喝了一些啤酒，眼睛就有些迷离起来，看着远处的双峰塔或是近处的人们都觉得柔和了许多。在沿路回酒店的途中，我不停地与身边的人说着些什么，时而大笑时而喧哗时而沉默，那一刻身在异国却忘我的感觉，很奇妙也很美妙，于是很想要随性地生活一次，不去为他人而活也不再承受别人的目光，没有什么奋斗与天天向上，也没有励志与趋炎附势，我只想完完全全为自己活一次，或者说任性一次，被他人称为堕落一次。

我想我是喝醉了，可我也想拥有一颗疯狂的心，哪怕四十岁，五十岁，也可以为了想做的事情，为了喜欢的人，奋不顾身地冲动一次，说走就走地旅行一次，或者说再年轻一次。

　　我预想到自己的未来与苍老，却不敢给予一个肯定的答复。我在吉隆坡的深夜，热闹又孤寂的街头，渴望一阵风吹过，带走我无尽的哀伤。

　　我想，这就是生命的全部。

『 降落 』

　　吉隆坡机场的店铺十二点准时打烊，奔跑着把手中的马来西亚钱币变成纪念品，也留下了几张作为纪念，此生估计都会被压在箱底。坐在候机大厅的长椅上等待那一班回程的飞机，夜也就显得格外漫长，因发烧导致的头痛此刻愈加严重起来，我闭上眼睛揉着额头，用深呼吸分散着注意力。

　　登机后我很快便睡了过去，飞机发动机的轰鸣声在耳畔与梦境中变成了雷雨声，梦中的自己站在高速公路的中央，仰面迎接着倾盆而下的雨水，身体缓慢地膨胀再膨胀，风一吹就飞了起来，飞过九千米的高空，乌云被压在了身下，太阳在不远的地方仍旧灿烂，我朝着日光飞翔过去，浓缩成了一个小黑点，消失在这纷纷扰扰的世界中。没有人发现，这个世界已经缺少了一个我，这感觉真好。

飞机降落在跑道上，有些不稳，身体被摇晃着醒来，这些天的旅途也仿佛变成了一个梦。走出机舱，上海的天气有些冷，也有些阴霾。我们互相道别，我想着的却是下一次的飞翔，或者说是下一次的旅途，再出发的时候，自己应该变成另一个人了吧？

谁知道呢？

【完】

走马观花

文 / 冯天

『壹』

地陪先生在槟城机场的出口等我们，手里 A4 纸的边角已被汗浸出毛糙，上面用黑色马克笔涂着两个歪曲的名字：吴忠全、包晓淋。当我们还在打趣讨论要不要用英文告诉他应该是"王"字旁的"琳"时，他笑着往后退，用流利的中文解释。

我觉得这是一件很有趣的事情，在异国他乡遇上中文讲得几乎听不出口音的地陪先生，甚至连他身上穿的那件沙滩花衬衣都能增添亲切感，就好像目睹了那是他闲来无事时在弄堂的小摊上买的，便宜得试都不试，也懒得杀价就卷进透明塑料袋内拎着回家。

后来他在带我们去往香格里拉酒店的路上，在我们强忍着困顿却还是充满好奇心地打量槟城沿海公路时，在参天植物遮天蔽日的缝隙里，在没有围墙的单层民居小院和由高级物业管理的漂亮公寓毗邻中，他的话语是讲寻常事的口气："因为我们是三大名族嘛，马来人、华人和印度人……所以在我们这里读到高中的话，都能讲四种以上的语言，但中文就只会讲，不太会写了。"他又解释着那个被他写错的"琳"字，然后在我们表示"好厉害啊"的称赞中指向窗外的建筑，依旧是不经意的口气：

"看，那栋是成龙的房子。"

吃饭的时候地陪先生并不与我们同桌，总是默默把我们招呼好，菜都上齐全可以下筷后地陪先生就短暂地消失了，不知去了哪里。

有时他实在拗不过我们"来一起吃啊"的邀约。"不用不用，你们吃，我坐那里。"他就夹点菜在另外的碗里，坐去隔壁桌。各店通有名叫"马来风光"的空心菜辣炒虾，他拣一些走，而沙爹烤肉、海南鸡饭、肉骨茶这类为了招待我们的特色菜，他便丝毫不动。等到美食完全勾去我的注意力，而在中场休息喝饮料的饱足中，才发现地陪先生也并未在邻桌吃饭，他将之前夹好的菜全留给了车上等着的司机。

他帮我们 Check in 酒店入住，每天清晨在大堂内等我们集合，带我们去观光的地方，而我们却是一群夜猫子，被香格里拉酒店阳台上巨大的露天浴缸、槟城蛇穴般绮丽神秘的民风夜市，吉隆坡 GSC Cinema 里国内不曾上映的电影，双子塔上有好喝啤酒的宵夜摊给缠住，第二天总会超过约定时间而迟到半小时以上。他后来也习惯了，自带报纸在大堂打发等我们到齐的时间。我觉得他真是老实人，从来不用把约定时间提早半小时，或者他可以晚到半小时，他就安静地坐在那里等，见到我们后依旧是笑嘻嘻的模样。

我们在马来西亚从一个地方去另一个地方，基本都靠着那辆面包车代步，整个行程都开着车却沉默不语的司机，地陪先生坐在副驾，他们之间几乎也很少交流。

司机先生是马来人，不会说汉语也沉默得出奇，甚至到第二天晚上，在香格里拉酒店吃自助餐时他悄然坐在我旁边我都不认识，还用生涩的英语跟他解释："这个位置已经有人坐了，是地陪先生的。"他端着空盘子尴尬地站着，而地陪先生却连忙过来把位置让给他，跟我们介绍他就是司机。还有一天晚上，地陪先生在副驾上紧张地搓着手，说："我们还有几个景点要去，就在这条街上，很近，都是挨着的……所以等下我们能不能步行看过去？不远的，而且这个时间段开车也比较堵……"在听到我们允诺的"好呀""行的，没问题的"后，他才如释重负地笑了，"正好可以让司机早点回家休息，明天我们去马六甲他还得开一天的车。"

所以后来看到地陪先生给司机留菜，也让我觉得他除了在周到地照顾我们，也还细心地照顾着没有存在感的司机。

全程坐在副驾的地陪先生起先怕路上沉闷，就给我们讲很多在马来西亚有意思的事情："我们这里看病只需要一块钱哦。挂号费、诊断费和药钱加起来通通只要一块。所以邻近的好多国家都会专门来我们这里看病，我们称为'医疗旅游'。我们这里汽油也很便宜的，汽车也很便宜，只要三千马币，而且能供很久，小孩上大学时给他买个很方便的。"

等我们渐渐自己能聊开后，地陪先生只在最恰当的时候插话进来，从来不会为了完成任务的演讲而啰唆废话，也不会消极怠工地遗漏什么。临回国的那天在机场高速上，颜东突然说他会想念这辆车的，引得大家一阵伤感。

其实我们说的想念这辆车，主要还是因为坐在副驾的、永远穿着大一号不合身的沙滩衬衣的他，有次想请我们吃东西，还在车上小心翼翼地解释"这个在行程里是没有的，我私人去请你们吃的，你们愿意去么？"这般可爱的地陪先生。

地陪先生没有名片，给了我们每人一张皱巴巴的酒店地址卡，他的名字和电话写在背面，说让我们万一走失了就打电话给他。这丝毫不影响我对他的敬意，就如同第一次相见时，我们因为飞机晚点而对他说久等了，他并不像其他以赚钱为工作的导游虚伪地说不会啊没等多久，地陪先生只是笑着说，这，是他的工作嘛。

『 贰 』

第二天起床后，香格里拉酒店的总经理 Stephanie Lee 先生问我们有没有上网到很晚，而我们一行人几乎都是轻装上阵，只有我企图为了赶稿而带电脑出国。他说那你有没有上 facebook、youtube，一改昨晚留给我的严肃成熟的形象，充满了顽童的俏皮。

不知道是不是他曾接待的中国客人留给他的印象，好像出国旅行的目的只在于此般……我心想上网这也太浪费你们酒店的风景了吧，其实昨晚我们连电视都没有开过，吴忠全、颜东和我，我们三个人穿着浴袍坐在可以欣赏海景的阳台上吃水果聊天。

Lee 先生也不会讲中文，第二天便请了会讲中文的 Staff 来陪同我们。白天我看他，才发现他与国内任何一家酒店的经理都不同，更不用提同等级的五星酒店的经理……

他没有西装革履，而是和酒店所有服务员相同，穿着一样的条纹制服。

　　"顺便再带你们去看自助餐厅、咸水游泳池、SPA馆……还有，我接待过你们国家的主席，他上次就下榻在这里，要去参观下么？"

　　在带我们游走酒店的路上，他有几次都不经意地停下，亲自去摆正椅子上的靠垫。

<h2 style="text-align:center">『叁』</h2>

　　马六甲的行程是最满的一天。

　　短短一上午我们便坐了三种不同的船，并在最后一艘上舒服得睡着；被装在透明环形罐子里升上百米高空旋转地俯瞰全城；去鸡场街扫特产，众人听到美女经理破例给我们打折后平均都买了三大袋白咖啡和蜜橘汁；去吃几乎得排一小时队伍才有位置的娘惹菜，而当天幸运地恰逢是他们做礼拜祷告的星期五，整个店里只有我们一桌；参观民间工艺瑰宝、马六甲之光的珠子鞋，看店家把

平均五千块人民币一双的鞋子随意摆在泥巴地上而心疼……

当地陪先生说要再带我们去看娘惹的住宅时，我们都有点退缩。

因为第一天在槟城已经参观过娘惹博物馆了，店外的海报贴着热播的电视剧《小娘惹》的剧照，还有个高龄却依然健硕的娘惹奶奶是网络红人，问我们有没有 facebook，有的话可以关注她。所以我们自然对马六甲的这处兴趣缺缺，但没想到去了之后，却是马六甲之行影响最深刻的地方。

它是由一栋豪宅改建的娘惹文化观光馆，负责给我们讲解的是一位穿着传统娘惹装，叫 Christina 的胖女士。一进来她便告诉我们这里不允许拍照，摄影师们只好收起相机，后来我们非常后悔没有录像，因为她的讲解每一字每一句都充满了微妙的笑点，全程半小时的讲解大家都听得聚精会神，没有一秒钟的不耐烦和冷场。她用中文说着，在我们队伍末尾甚至还混进个非常帅的外国男孩，也看着英文资料慢慢地跟着我们。

回来的路上我们讨论，如果能录下来传上网的话，hold 住姐什么的简直弱爆了！

她带我们参观豪宅的装潢，介绍着满屋的从英国、意大利、德国等进口，有一百多年以上历史的家具，上二楼后像分享秘密般展示给我们看地板上的一个方形洞孔。"知道这是干吗用的么？"她狡黠地让我们猜，然后告诉我们，"有人敲门的话，主人从这里就能看到来者何人，是他喜欢的人就开门，要是来的是讨厌的人的话，就把那个倒下去啰。"她指了指放在一旁的红木马桶。

我们都觉得她很可爱，连同讲话时脖子上那圈会动的肉都很可爱。她的讲解不按套路，自成一派，有种天生的独一无二的、无限吸引人的逻辑和语感。

下楼后她又指着楼梯背面的浮雕给我们看，同样是百年前贴金打造的高级工艺，来自大陆，上面浮雕着十八罗汉的法器，宝相庄严。她对我们说："这种楼梯，全世界现在只保留下来了两个。"

我们问："那另一个在哪里？"

她努了努嘴说："在隔壁。"

当我们恋恋不舍要离开的时候，她送了我们每人一枚书签留作纪念，而我把它送给了那个很帅的外国男孩，他道谢了，又表示他其实有很多书签，就在我疑惑时他指着解说员害羞地说，那是他的妈妈。

『 肆 』

由于怕遇上雨天，于是我和包晓琳的飞机改签，提前一天到的上海。在公司待着的下午，郭总才来短短不到一小时便谈好了一个新作者，还顺便安排庆庆带我去剪头发。结果拖累着庆庆剪完头发已过饭点，他们在吃饭的地方等了快一个小时。赶过去后发现人还挺多的，郭总、痕痕、鸟姐、卡卡、包晓琳和新作者都在，特意又等我吃完。

郭总坐在正中招呼大家，说我头发剪得不错，说鸟姐又变美了，又怕新作者拘谨而不停找话题和他聊……吃完后又让唐师傅先送我们回去再来接他，他还要去看电影，我觉得他的生活已经不太能分公事私事，只能用"写稿"和"写稿外"来区分，忙得近似一台二十四小时通电运转又无误差的主机。而第二天在登机口，刚起来还睡眼蒙眬的他又在招呼我们跟上别走丢，又用惯有的压力式鼓励方法告诉我们："你们四强这本书加油，可不要输给 TN1 的哦。"我们说 TN1 去的是伦敦啊比较难超越，郭总说没事啊新加坡也不差！然后赵萌哥特崩溃地说："我们不去新加坡啊我们去的是吉隆坡……"他应该是忙忘了。

第一天的行程是游览槟城的市区，从酒店到市区的沿海公路上耸立着各式各样漂亮豪华的酒店、高级公寓、别墅，也有文艺电影里作为家而存在的小院，适合纳凉的木质桌椅和懒散的狗……槟城的建筑密度很低，每一栋房子的任何角落都毫不遮掩地展现在眼前。车开到一栋稍显历史感的白色建筑前，一楼的窗户都被水泥封死，郭总指着它开玩笑地问赵萌："我应该买得起这栋楼吧……"

然后车子转了个弯，这栋白色建筑的大门无比气派地显露在我们眼前时，郭总连忙摆手："应该买不起……"

而此刻导游正好让司机把车停下，对我们介绍：

"我们到了。这是我们槟城的市议厅（市政府）……"

我觉得郭总的眼光真是精准毒辣得近乎神了，在我们看来有那么多那么多比市议厅更好看的建筑，而他却能一眼挑中最牛的。不光是如此，只要他看中力推的作者必定就有万里挑一的过人之处，随后我又沮丧地转念一想，没有被看中代表才能不够的话，自己应该是没有什么太过闪光的天赋吧。

去马六甲的路上，他又抽空给我们讲作品。先是聊了聊吴忠全快要上市的新书，然后讲了讲包晓琳的连载，顺带又问到我的如何，我很羞愧地说垮了……他就点拨式地提到了最近他在读的一部好作品，说设定和我的类似，但那位作者写得真好。其实我很难相信还有什么作品能好到被他如此推荐。然后他就信手拈来地讲了其中精彩的几段，连一页都没看过的我们都能迅速地被打动。随后他问地陪先生由此小说改编的电影，吉隆坡的影院上映了么，地陪先生查了下说上映了，他便马上说订票当晚就带我们去看……反复确认有没有中文字幕。

他英语好，又读过原著，看英文版是没有任何问题的，字幕只是为了照顾我们。

在吉隆坡的 GSC Cinema 看午夜场出来，他有点遗憾地说电影拍得没有书写得好，叮咛我得看书，一定要看书，但他从未对任何人如此推荐过自己的作品。后来我把这本书一二部都看完了，还是觉得读者设定已经低于自己，没有郭总讲得好。所以我一直在思考，像他这样阅读面和层次远高于我的人为什么会觉得这么棒？

更多的时候他不聊写作，他并不只擅长这个而已……随口就能说出笑翻一车人的话，也讲房产金价，讲零和游戏的股票等金融知识，他不光只是个福布斯榜首作家。而在槟城的路边甜品摊，在马六甲的鸡场街，在吉隆坡双子塔下，在回来航班的登机口，都已经不在中国了，他还是不断地被人认出。

所以我一直在思考像他这样的人，为什么还有那么多东西能让他觉得好。后来我想通了，就像在上海的那餐晚饭他称赞我头发剪得不错，称赞鸟姐的美丽，称赞那个解说员，懂得欣赏建筑，对会畅销大红的作品有天生的敏锐度，皆是因为他的眼睛。

我们看东西时，东西的缺点总是能盖过优点，扯平优点，否定优点，但他的眼睛却能只看到优点，并把优点放大，萃取出来，变成磅礴的正面能量。而在世界各地都能认出他的读者，只是因为他的作品和些许花边新闻而喜欢或评论他的一角，相比起他只对周围的人而展现的性格是一座大冰山，那些撞不上的船其实充满了不够永恒的遗憾。

『伍』

坐回国航班的心情远没有来时的兴奋。来马来西亚时是第一次坐大客机的国际航线，之前我害怕五个多小时的飞行过于沉闷，不但带上了书，还把原本

不相邻的位置换到跟颜东一起。一上飞机后这些顾虑都烟消云散了，机上的舒靠枕、毯子，一人一个可听音乐玩游戏、看各种大片电影的液晶屏，连同飞机餐和零食饮料，都亢奋地充实了心脏。

机组人员向客人打招呼用一个很特别的词，他们对着登机的各国客人统一说：

"Hello,sweety."

我们在飞机上喝到一种非常好喝的饮料，却不知道它叫什么。等空少推着饮料车到我们身边，我们根据颜色想找到那种饮料，结果却要到白酒。正当我们遗憾时，负责服务我们那排位置的空少特意端来两杯饮料："是不是这个？"我喝了口后连忙点头确认，他微笑地告诉我们这是苹果汁，喝完还可以要。

颜东说马来西亚的男人和我们国家的不一样，他们有一股非常温柔的甜美感，在这位空少身上就充分地体现出来。发飞机餐的时候空少问我们是不是还在念书，来马来西亚干吗，听我们回答后又多拿了一包非常好吃的花生给我们。

后来在特产店我专门去找都没有找到这个包装的花生，好像只航班上才有特供。

　　回去的航班上并没有幸运地再遇上那位好心的空少。在最后一小时航程里我耳鸣得脑袋都要炸开了，疼得恨不得想让飞机先停一停，醒来后发现我原本留在挡板上准备带回国给朋友尝的那包好吃的花生不见了，应该是在我熟睡中，被当成垃圾让空乘人员收走了。

　　如果还有机会来的话，还是希望能够遇见飞同一航班的他，要把感谢说得再诚恳些吧。

<h1 style="text-align:center">『陆』</h1>

　　原本我们有机会一起旅行的，但还是无疾而终了。在确定在一起后的几天，你只和我打了两次照面，你发来的信息说你已一个人出远门，太过仓促，有些遗憾，但遗憾中丝毫没有包含你需要我谅解的部分。

　　那时我还是不能理解，你想一个人，去陌生地方住那么久的意义。半年只见过屈指可数的几次，你一直都在旅行，远到我连名字都说不出的地方……而我当初想跟你在一起，大多是因为如果我想见你只要转转公交便能见你。最后一次聚餐时，你对朋友说你有时候很想换个城市生活，然后你又谨慎地瞟了下我，马上切换了话题。之后不久，我便如预料般地收到了你的短信，说要我好好写书，不想让我等你，要还我自由。

　　我不明白我哪里没有了自由。

　　去年 8 月的时候，编辑大人 Kay 问我对长篇有什么想法，当时完全没有想过自己会写某种类似轻小说题材的故事。刚开始写了一个偏晦涩版本的开头，正好是与你交往的开端，你看了开头说还行，还行中又包括换个名字、换种风格等建议……我觉得你完全在乱扯。

　　后来 Kay 又告诉我，我得到了公司给我在新杂志《放课后》连载的机会，同期连载的有黑暗女王和天才前辈，这份压力和殊荣显而易见。漫长的对内容

的商讨，你的建议竟然一一生效了——我面临过取的书名不能过审而换了十几个，人设交出去后几乎又改动了整个故事等窘境。在这之前，我也完全没有预料到我会写它。我清楚自己的毛病，诸多短篇的出发点都是为了达成结构而非故事，我一直在传递错误的东西。

而这近一年里我没有工作，发胖了起码二十斤，为了避免掉发太多而换了以前根本舍不得买的洗发水，可经常穷得三张卡凑不出一碗面的钱，每次熬夜还并发着颈椎痛……拖稿拖得想给杂志下跪道歉，这些不光彩的现象说不完，变得完全不像最开始你喜欢的那个人。你最后的短信里叫我要好好写的连载，就断在去马来西亚的第一天，我交不出满意的稿子，一个字都写不出，而杂志的出片周期里，再多半天的时间也等不起了。

只有四期，也算有史以来最短命的连载了吧，比和你在一起的时间还短。

去马来西亚几乎是我人生中第一次旅游。

在异国的寺庙里我又求到了根上上签，签上说我会转运，变得更好。而在这短短的几天行程里，我体会了数不清的开心惊奇，没有任何一刻的悲伤。就连最头疼的长篇单行本的困顿，在郭总的点拨下也明朗起来。现在回头看整个故事，不敢自赞精彩，好读好懂还是有做到。而在文章后头，在电脑屏幕前打字的我，为了自己唯一擅长的造结构与还欠缺未达到的活故事，为了它们能不互相吞食，共同存在而纠结地配比着。更不是矫情的说法，我们就透明地活在纸张的背面，活在行间距的缝隙里，对每一位在何时何地第几次的阅读都心怀忐忑。

也像回头想我们之间的事，我才知道旅行不光是为了见更多的人，经历特别的事，而且可以和困境分手，把糟糕的自己杀死一次。

【完】

行过炎热斑斓之境

文 / 颜东

『抵达』

从上海飞吉隆坡的航程大约是五小时，在飞机上始终都没有睡着，总是有些紧张，整个五小时里将视频播放器里面的电影来来回回翻了几遍，仍然没有耐着性子看完一整部，不停地更换，实在是心不在焉。近乡情怯，离乡更是忐忑。终究是这么多年来赖在同样的地方过惯了安稳日子，平日里也少出门，迫不得已要出去一趟，也还是会不安，害怕会迷了路找不到回去的路，更何况这一趟外出，直接就出了国。

终于是顺利落了地，飞机降落期间朝下看，只觉得树多，整座城市像是掩映在一座大森林里。吉隆坡国际机场很大，也很空旷，人不多，且人也散漫休闲，懒洋洋地坐在长椅上，像是坐在自家院中，并不急着赶往哪里。机场免费Wi-Fi很快，等待转机期间，发了条微信说：我在机场，在等去槟城的飞机。

没有说出口的是：我很想念你。离得越远，我越想念你。

抵达槟城是在傍晚，在飞机上就看到了茫茫一片大海。算是人生中第一次亲眼见到的海，激动得越过邻座眼巴巴往下看。邻座估计是本地人，对一切早已司空见惯，一上飞机便合眼睡下，这会儿被我惊醒倒是有几分惊讶，眼睁睁地看着我，想来对于身边好奇的异国游客多少有些不解。飞机低低地从海面上掠过，夕照之下粼粼的波光也几乎看得清楚纹路，而船过水动，拖了一条银白色尾巴在后面——真是活生生的海啊，旁人大概无法了解我的欣喜。接着，岛屿出现了。先是孑孓然一座，仿佛淡蓝色桌布上一粒绿汪汪的油珠子，再过去些，岛屿三三两两地多了起来，远远地可以看见海岛绵长的海岸线了，目的地眼看着就要抵达。

出了机场，像等着我们似的，一股热浪马上就袭了上来。虽然说重庆也热，来之前特意查了天气，两地温度显示相差无几，但毕竟近于赤道，马来西亚紫外线到底要强些，一时之间竟然也难以适应，只好快快装了行李钻入车中，直

驱酒店。在车内安坐下来，这才舒了一口气。眼看着窗外，不远处的小山丘起起伏伏看得见暗绿的轮廓，山顶上悬着几朵厚云，夕阳收掉了自身的光芒，越是这个时刻，却越发显得色彩艳丽，黄的橙的粉红艳红，一层一层，恣意交叠，天也蓝得不真实，但到底光线开始暗下来了。路边的街灯也开了，昏昏的几朵光，因为天光还未全暗，倒像是装饰用的。一路上也不清楚车子是走的什么路线，只看到街两旁扑面而来的树，高矮不一奇形怪状的，到底是来到热带了，看不尽的树。这么一路开到酒店，天也黑透了。

『槟城』

槟城两日都住在香格里拉大酒店，酒店装潢布置很是气派，只是对我们这种人而言容易迷路，甚至直到离开那日我都没办法保证自己一旦下了楼来还能准确地返回到房间去。于是每次出门总是巴巴地跟在别人后面走，也不好意思走在前头怕领错了路。

夜市离酒店不远，步行大约十分钟就到，所以必然是要逛逛的。人多，很热闹。街道一侧简易棚子搭了一路，售卖各种首饰衣裳纪念品，都是些小玩意，方便携带。老板华人居多，也有马来西亚当地人，只能用英语交流。但是马来西亚人说英语确实有些难懂，有时候交流得不畅并非因为无法表达，而是无法听懂对方所言何物。不过听得多了，也习惯了，甚至也觉得饶有趣味。一路逛过去，看看停停，倒也没买什么，前一晚上看中的一个手镯，犹犹豫豫，硬是第二天晚上才回过头去把它买回来。

夜市的好处在于热闹与世俗，一群人拥着嚷着，叫卖推销讨价还价，这样的市井声，无论在哪里，总让人安心。我大概总是喜欢艳俗的，偏爱菜市场多过高档商场。杂乱之地是非多，是非之间，必然存在着许多故事，也多了几分人情味，不管它表现出来的，是何等的琐碎粗鄙，登不上台面。那些独自坐在街边抽烟的人，那些喝醉了酒在街上摇摇晃晃的人，那些浩浩荡荡举家出游的人，那些甜蜜的情侣，那些神色疲倦的小贩，我们彼此经过，互相揣测，擦肩而过，就再也不会相见了。

赶在酒店的 moring call 前起床，虽然很瞌睡，但终究爬起来了。一整夜睡在房里都可以听到海浪的拍打声，像是离海很近，苦于夜晚无光，无从辨认。起来之后赶快洗了澡，就拉开窗帘上了阳台，果然，大海近在眼前，近得让人吃了一惊，从楼下草坪到海滩，也不过几百米距离。这时候，天光尚早，天边一片祥和静谧，楼下的草坪上绿树众多，叫得出名字的只有椰子，前夜刚下过雨，树上皆汪着水亮晶晶的，绿得晃眼。更远一点的地方，海浪继续发出有条不紊的拍打声，不紧不慢，韵律十足，几只海鸟欢叫着冲破天空，一眨眼，又不见了。

艰难地早起，不过是为了这一刻，懒懒地坐在阳台上，抽一根烟，发一会儿呆。面对这样的景色，觉得一切都太奢侈，不能再好了。

在槟城，参观了滨州高庭大楼和圣乔治教堂，都是一些整洁气派的建筑，留有被殖民的历史痕迹。最喜欢的一处是正义女神雕像，多面正义女神，面面都有残缺，要么断臂，要么无头——正义女神尚且如此，何况凡人呢。其实说起来，相较于恢弘建筑，仍然更爱市井小巷。槟城的街道大多窄，小巷的两旁大多泊满了车，更加显得小。街道小，总感到踏实，要是街道宽又因为近视站在这街看不清楚对街的，心里总觉得慌。整个槟城都是五彩斑斓的，除了各色广告牌外，街上各种建筑也是披红挂绿各不相让。马来西亚人把各种颜色都刷上了墙，倒一点也不显得扎眼，在那样蓝的天空下，这样的色调只让人觉得协调又热烈，也恰到了好处。

偶尔经过一家小饭馆，地板还是格子板砖，一派复古舞厅的风味，很别致。随便走着，拍拍照，处处都是景，拍也拍不完。

总的来说，槟城干净又整洁，沿海公路酒店颇多，都是花园式酒店，花草繁盛，海岸线又漫长，整座城市都显露一种悠闲自得的气质，大抵是因为居民都过惯了舒坦日子，很多事也就不操心也没有那么多过分的欲求。在这样的地方总觉得可以待上很久，即使不去哪里不干什么，每天发呆也是好的，但终究第三天

还是离开了。

走的这天车子穿过整座海滨城市，终于在一处海岸边上了跨海大桥。行到桥中间的时候看见不远处有一个小岛，导游说之前是麻风病人隔离地，后来改成了监狱，是个有故事的地方。

回头看，海岸线越来越远，整个槟城越来越小，终于看不见了。

『 在途中 』

在马来西亚，大雨总是突如其来。

从槟城回吉隆坡是坐的面包车，那辆面包车伴随了我们整个马来西亚之旅，几乎要产生感情。车上冷气总是开得很足，放着时下最最流行的欧美流行音乐。回吉隆坡的途中则是看腻了一成不变的棕榈林，起先还觉得十分有异域风情，到最后终是忍不住想瞌睡。半睡半醒之间，天突然下起雨来，雨势凶猛，敲击车窗玻璃，睁眼醒来，只看到高速公路上都是茫茫的水汽，有车子在前面驶过，更是水雾四起，在国内一年到头也难得见几次这样的大雨。沿着公路再往前一点，却又晴朗无事，仿佛刚刚所见只是一时出神。如此程度的同地不同天，也真是鬼斧神工。一路上这样的情况屡屡发生，倒也见怪不怪了。

公路无限延长，转个弯以为别有天地，不料仍旧是茫茫长路，不免生出一丝惘然来。车上的人时不时聊上几句，又都纷纷沉默了下来，而沉默只会把时间拉得更长。一个动作反复发生，难免要放空，心无所向，终至平静，大概是旅途中最好的时刻。

中途在小城怡保停歇，顺便吃了午饭。正午时分，街上并排走过去一行女学生，穿着校服，一个个面若桃李旁若无人，神色之间，最是青春的肆意与张扬。小城市不像大城市，平淡之下自有其自怡自乐之处。

在明晃晃的大街上抽了一根烟，看着城中那些明艳的但是已然斑驳的墙壁，明白自己不过是个匆匆的过客，歇歇脚，还来不及将城中走遍便要起程离开。大概就是因为这停留的短暂和离开的必然，竟然在心底生出一些留恋。

所以，虽然这个问题被问了千遍，但旅行的意义究竟是什么呢？走过了，看过了，终究什么也没有留下。想起来更小一点的时候，咬着牙负着气总觉得自己应该去很远的地方，越远越好，恨不得一去不归。终于长大了一点，也如愿离开了家乡，才终于明白，这世上纵然是辽阔无边精彩纷呈，但其他地方再好也与己无关，再遥远，也不过是在提醒自己对家乡的思念。

这或许就是旅行的意义，走得远了，总要回头看，这样不经意地一回头，才明白，曾经习以为常的甚至恨之入骨的那些东西，才是我们心底恰恰最牵肠挂肚视若瑰宝的。就像我明白，虽然不愿意承认，只有不在你身边的时候，我们才最喜欢彼此。

那就拍掉身上的灰尘，重新出发吧。

『吉隆坡』

吉隆坡较槟城建筑明显要密集，也高些，人口也多，在这些方面与其他国际化都市也并无异处。

酒店离大商场很近，因此判断应该处于市中心，从11楼的落地窗户看出去，天仍旧很蓝，是那种典型的热带的蓝，蓝得透彻耀眼，半点杂质也没有。高楼拔地而起，建筑风格颇有些奇特，倒也说不上什么，只觉得跟平日里见到的不同。矮一些的楼掩映在城市里随处可见的丛丛绿树当中。所有的建筑仍然是红红绿绿，五彩斑斓。这个国家对于彩色的偏好，是我最喜欢的一点，大胆又执拗。这样好的蓝天白云绿树，或许只有给整个城市都涂上彩色以辉映之，才觉得没有浪费。

从酒店出门，一路上看见无数的中国菜餐厅，中式的广告招牌，恍恍然，还以为是回到了国内。广告牌和街道的布置风格，也给人一种文艺片中台北和香港的感觉。唐人街人非常之多，红灯笼随处可见，倒是真正的中国游客少，多是外国游客喜欢光临。夜市则非常繁华，饭馆排档一溜排开，招牌都亮到耀眼，客人也热闹，红红火火的，给人以食欲的同时，心里也喜庆。

　　说到吉隆坡，总还是要说到双子塔。远远地在路上初次看见双子塔，大概有种头次去上海看见东方明珠的心情。作为曾经世界最高的摩天大楼，现今最高的双塔楼，双子塔曾经一度是提及马来西亚马上会浮现在眼前的标志性事物。如今看来，仍然很是壮观。这样高的建筑，究竟要如何建造出来，我总是会生出这样幼稚的疑问和惧怕。于是心里总会带着敬畏。很多人都在拍照，当然我也不能免俗地拍了几张，准备回去带给奶奶看。

　　在夜市里面坐下，吃了晚饭一行人开始玩游戏。已是深夜，这城市没有半点疲累的意思，夜市更是热火朝天越发热闹，可折叠桌椅长长地摆到了街边，而街上，街灯高烧霓虹闪烁，更远一点的地方，就是双子塔了。它就那样亮着，高高地，淡漠地，或许是喝多了酒已有醉意，从身边的热闹非凡里面突然扭头看见它，一瞬之间，突然觉得有些忧伤，因为一切总是留不住的，游客也是，热闹也是。等夜更深了，人也就散了，等再过一天，我们也就离开了，而双子塔仍然站在那里，像个孤独的巨人，日复一日，年复一年。

回到酒店一直没有痊愈的感冒果然越发严重，也许是室内冷气开得太足且室内外温差太大所致，不停地流鼻涕，洗了澡，在房间落地窗前坐了片刻。窗子把尘嚣和炎热都挡在了外面，剩在房间里的只有寂静，可能，还有一丝丝的迷惘和怅然。这么久以来，我们已经学会很巧妙地将这种感情称之为"孤独"，并且，反复地传说了它是多么地与生俱来，冥顽不化，并且无法避免。而孤独其实是一种多么必需的感情。它是那样地折损了我的心，同时，又充沛了它。它使得我不得不渴望抓紧一些东西，但在必将失去它们的时候，也不会太难过。

从包里翻出日记本，写道：非常想念没有薄荷味道的香烟，我在马来西亚，感冒了，非常挂念你。

『马六甲』

在马六甲，先是乘船游了马六甲河。马六甲河并不宽，一路前行一路可以尽观两岸景色。沿岸长着椰树和一种叫不出名字的热带植物，房屋多红顶，有些墙面也旧了，开始斑驳，有的则在墙面上画满了各种涂鸦。船行到一半，导游提醒说可以看到四脚蛇，顿时吓了一跳。顺着导游手所指示的方向，果然一截斜向河面的树枝上平直地躺着一条蛇，样子有点像蜥蜴，似乎体型更长更大，趴在树干上一动不动，尽管如此，还是不敢靠近。一路上总共碰到了几条这样的蛇，眼睁睁地看着有一条正躺在河岸的台阶上栖息，台阶之上，就是人家的窗户和门。从门里看进去，女主人正悠闲自得地看电视，丝毫没有半点戒备和害怕，两者互不影响，倒真是一派和谐。

船到之处，还经过了马六甲河海盗船和马六甲苏丹王朝水车，一路上的建筑大概都有来历，只是叫不出名字。整个过程都像是在误闯别人的历史。历史就像是脚底的那条河，不管不顾，就那样兀自流动。昨日已经过去，今日正在发生，而明日终将来临，这就是历史，日复一日，生生不息。

马来西亚的历史上，华人远渡大洋来到此地想要开始一番新的生活，白手起家，娶了当地马来女子，生下的女儿就被叫做"娘惹"。这样的故事总带着

一丝传奇，仿佛人生兜兜转转，处处都有希望。就连小娘惹这种名字都带着一种说不清道不明的俏皮可爱。听闻娘惹在马来西亚地位较高，通常都还较为富有。旧时住所被当做现今的博物馆，里面各种物件甚至包括鸦片烟一应俱全，其装饰之堂皇，包括繁复精细的门上雕花，墙上的各种挂画刺绣，叫人瞠目结舌，很是开了眼界。娘惹服装颜色多艳丽，点缀其上的图案也相当精致。娘惹菜则甜酸辛香，倒也不是很辣，就是香料味十分重，应该是很多种不同香料配制而成。

　　这世上其他的人究竟在怎样过着自己的生活呢？或许他们在经历或者经历过和我们一样的苦难和快乐？这样近距离地观摩别人的生活，总让人心里生出一种谦卑。生活是那样庞杂琐碎，我们置身其中，得以度过的方式纵然千差万别，终究都殊途同归。

　　这次在娘惹博物馆碰上的解说员十分风趣活泼，只见她穿一身当地的特色服装，讲起中文来拿腔拿调，音调中总有几分奇怪，一颦一笑之间也有几分俏皮和喜感，平添了许多乐趣。想来她每天要接待那么多游客，定然是不会对我

有印象，而我却偏偏记住了她，时隔数日，再回想起来，音容笑貌，历历在目，然而可能这一生中都不会再见面。我们旅途中遇到太多人都是如此。

鸡场街是马六甲之行的最后一站，在一个叫"三叔公"的土产店吃了煎堆，煎堆是一种冰饮，里面绿色的凉粉配上白色挫冰，再淋上褐黄色椰糖，吃起来又甜又香，口感极好，还吃了榴莲饼和榴莲冰。我实在是太爱榴莲，只可惜这个季节没吃到新鲜榴莲，原以为到了马来西亚榴莲会多到满街都是，会便宜到和蔬菜等价，这成了唯一的遗憾。

上午吃的感冒药开始起效，感冒症状终于有好转，不过身子开始绵软无力，所幸一日的旅程已经结束，上了车靠着座位便昏昏入睡。也不知道睡了多久，突然醒来，被眼前的景色吓了一大跳，准确说来，应该是震惊。也许是一天下来，大家都累了，车上除了司机都睡着了。车子也不知道开到了哪里，窗外仍然是高速路上随处可见的棕榈林。已经到了傍晚，正是夕阳西照的时候，突然这样一惊醒，看到那重重棕榈林后面天空的一瞬间，简直要掉下泪来。我从来

没有见过那样的云霞，颜色之鲜艳放肆，让人不以为是真的，而树林因为太阳西下渐显暗沉，更加衬得天上的晚霞绚烂无比。回想这幅画面，我试着描摹，却总也不及所见的万分之一。那种美是这样的不可方物，突如其来又转瞬即逝，不一会儿，便淡去了，最终在天边消失了。

也许，人的一生中能够看见一次这样的景象，即是幸运，也就足够了。

『 再出发 』

再次来到吉隆坡国际机场，仍然觉得陌生，却终于少了那份仓皇的心情。午夜的机场里，灯光亮堂，黑夜恍如白昼。坐在登机口旁的座椅上，身边的中国女人一直在用普通话讲电话，语气非常焦急，末了，匆匆忙忙道明马上要登机许多事情回国再说。是啊，在这里没有说完的话可以回国再说，回国后仍然还有许多事情在等着我们去做。生活无非就是这样，从这一站走到下一站，从下一站，又不知道要去往哪里。

回想在马来西亚的几日，虽然忍受着酷暑疲累和感冒，但仍然觉得不虚此行，在这最后的时候甚至感到有些不舍和失落。

想起一部电影的最后，飞机上广播响起："请收拾好您的情绪，我们即将降落。"

那就收拾好自己的情绪吧，因为即将出发。

可是何谓出发，何谓抵达。所有的结束也不过是另一个开始而已。

【完】

THE NEXT · KUALA LUMPUR

| Chapter 7 | Glad You Came |

言热

文 / 郭敬明

『壹』

我最近换了一个新的笔记本，是某品牌最新的型号。它很轻薄，功能又好，翻开最近的时尚杂志几乎都能看到广告上它泛着冷色调的外壳，但唯一不好的，就是因为它太薄，所以连网络接口都没有——它的机身比网络线的接口还要薄。我在收拾行李的时候，又太过匆忙，粗心大意地将转换接口落下，因此，在这几天的旅途里，我都没能够使用上网络。

于是每天晚上，在酒店的时光，就变得漫长而又无聊，不知如何打发。我已经很多年不看电视，对我来说，感觉电视已经变成了一个很奇怪的东西，而且这边的电视节目又不讲中文，我也看不明白。随身带的书在飞机上就已经看完了。

所以，百无聊赖之下，我决定给你写信。

　　我前面给自己找了那么多的借口，如此费力，只是为了让自己给你写信这个举动，看起来合理，不做作，不唐突——但正因为如此，就又变得可笑了。

　　我初中那会儿，可完全不这么认为。

　　那会儿我的书包里，背着花花绿绿的邮票，随时都能够掏出一枚来，用舌头舔一舔，就能贴到信封上。那时的邮票 80 分，也就是八毛钱。我不太清楚此时此刻寄信邮资需要多少，我只能分清楚几家快递公司之间，12 块和 15 块的区别。

　　所以，你看，不管我找再多的借口，不管我有再多的理由，写信这件事情本身，看起来就怪异极了。我想那感觉，就跟你有一天走在大街上，看见一个人从腰间的皮带上卸下黑色外壳的传呼机，然后焦急地在马路上找公用电话，打算回电一样。

　　但我还是提起了笔。

『 贰 』

　　我和一群年轻人一起，踏上了这次的旅程。他们差不多都比我小六七岁。

　　大家都说，三年一个代沟，我和他们之间，就有两个代沟。他们对这个世界充满了足够的好奇——是的，好奇，好奇是一种最强大的力量，它驱使着你想要了解更多，想要拥有更多，想要控制更多。它是欲望所催生的一枚咒语，缝在我们的眸子上面。

　　他们有说有笑，走到哪儿都开心地拍照，逛起纪念品商店来流连忘返，对任何的事物都充满了惊奇和赞美，他们并不介意将自己的脸庞暴晒在太阳之下，阳光的热度把他们年轻紧致的面容晒得发红，看起来仿佛饱满的苹果。而我躲在黑伞之下，

当我往脸上涂防晒霜的时候，我有一点感觉羞耻。这种不自在，是被他们激发的，他们像一面澄澈的明镜，能照出我所有不再回来的青春。

我和他们有很多合影，他们在照片上的面容，看起来格外生涩，但是却有一种最本质的蓬勃，仿佛这里的热带植物，有一种狂野而又善良的生命力。而我呢，我在每一张照片上，都精准地捕捉到镜头在哪里，我微笑的角度看起来一样，我面容的角度呈现着最好看的状态——这些年来，我被训练成了这样，能够在快门声响起的几乎同时，摆出大众所习惯了的，杂志上的样子，露出几颗牙齿，眼睛稍微弯起来一些，头轻轻地转一点角度，咔嚓。

而此刻，他们几个在旅游纪念品商店里买明信片，他们聚在一起，彼此唧唧喳喳地说些什么，然后又提起笔，在卡片上刷刷地写起来。

　　我戴着墨镜和帽子，站在远处的树荫下面，把自己完全躲进阴影里。和他们比起来，我像是一个对任何事物都失去了兴趣的老年人。我失去了那种叫做好奇心的东西。这个时候，我只想躲进空调开得很足的咖啡馆，翻一翻报纸，用 WiFi 网络处理一下这几天我没来得及回复的邮件，然后无所事事地看着落地窗外反射着明晃晃白光的水泥马路，看着几只肥硕的鸽子摇摇摆摆地走来走去。

　　我有点羡慕他们。
　　他们的背影，看起来像是当年的我们。

『叁』

在写完上面一页纸之后，我出去酒店外面逛了一圈，再回来。

夜已经很深了，然而从酒店走出去不远，就是夜市，依然热闹得紧。

我们住的酒店是香格里拉的温泉 SPA 酒店，在槟城是最好的酒店了。酒店掩映在无数高大茂盛的热带乔木中间，粗壮的枝丫仿佛撑开一个穹顶一样将酒店笼罩其下，乔木上挂满了各种藤蔓植物，那些叶子婀娜而又宽广，甚至走近了你会感觉它们在朝着你热腾腾地喷着气，带着植物的馨香和热带的气浪。酒店装饰得很奢侈，但又很低调，站在酒店大门外的门童，不时从车上接下住店旅客们的行李箱，LV 的，GUCCI 的，RIMOWA 的……各式各样奢侈的箱子装载着纸醉金迷的假期。

然而酒店周围，却非常非常地破败陈旧。

可能你听我这样说，就又要发笑了。我是说真的，我并没有夸张。从酒店走出去大概五十米，一切都像变了天地。甚至当我回过头的时候，这座本应该盛气凌人贵气自傲的酒店，突然有了一种落魄贵族的凄凉，虽然它依然紧紧拥抱着自己胸前的徽章和长剑，但这个时代却早就没有了骑士精神，曾经的繁华辉煌已经荡然无存，人们喧闹而粗俗地活着，像细菌一样在地球上滋生。

夜市在街道两边铺展开来，店主们都搭着简易的帐篷，一块隔板放在支架上，就算是自己的门面了，隔板上放着各种纪念品，非常地便宜，因此也理所当然地粗糙。卖假货的很多，无数仿造的名牌钱包、手表、衣服，琳琅满目。店主对我们也并不热情，这多少有些出乎我的意料。他们甚至不太抬起头看我，除非我在他们的摊位面前停下来，他们才抬起眼睛，看着你，偶尔有主动一点的，会用手比画着，推荐他的一些货物。

除了这些，还有沿街一字排开的按摩店，门口坐着很多深肤色的当地女子，

她们扎着发髻，穿着白色的短背心，机械地重复着"massage"这个单词，但她们的目光却并没有真的投入到招揽生意的热情中去，她们的眼睛低低的，视线落在黑色的地面上。

地面很烫，我的鞋子很薄，我能感受得到。

你可能以为我更喜欢逛顶级的百货公司吧？但可能你并不会想到，我其实对这种市井的市场，更加感兴趣。

全世界的奢侈品百货公司，看起来都差不多。

但全世界各个地方的夜市，却绝无雷同。

因为人们生活在这里，他们的生命，他们的呼吸，他们的体温和气温，他们的一切都和这条短短的街道混合在一起。

那个路边卖素描画像的人，也许刚刚才搬来这里，不了解进货的渠道，所以只能靠手艺赚钱。

前面丁字路口那家照片最大最亮的餐厅，也许已经传到第三代经营者了，他们也许是最早在这条街上开店的人，他们也许看着曾经的一片密林，最后变成了五星级酒店。

　　而路边坐着的那个小男孩儿，可能刚刚和家人吵架，此刻一个人溜了出来，他的鞋子比他的脚大很多，也许是他爸爸的凉鞋。

　　这条街两边，是无数低矮的平房，灰蒙蒙的砖墙，带着裂缝的水泥地面，路边的污水沟里漂浮着五颜六色的塑料袋，墙角边或者屋顶上，攀爬着零碎的热带植物，它们顽强地在这条油亮亮的街道上生存着，让这条街看起来像一个活物。

　　每走十几米就会有一间餐厅，餐厅的人很多，各种冒着热气的盘子从厨房里端出来，放到桌子上，海鲜的香味。

　　整条街上都是这样的香味。

　　不时有蒙着面纱的阿拉伯女子路过我的身边。

　　还有很多很多的欧洲人，他们皮肤白皙，和当地人截然不同，他们衣着也很光鲜，甚至举止也很优雅，他们看起来，像刚刚拆掉腰封的新书。

　　然而，当地人也并没有把他们放在眼里。

我走了很久，有点累了，直到我渐渐听到海潮的声音。

我想这条街也快被我走到尽头了。于是，我转身，往酒店返回。其实在那一个当下，我有一点想要走到这个街的尽头去看一看，我甚至想要去深夜的海边看一看。我想看一看黑夜的大海，没有人潮的大海，没有墨镜和防晒霜的大海——我能够预想它在黑暗里展露出来的属于它的真正的力量，毁灭性的，肆无忌惮地，随时能够摧毁一切却又不屑一顾的黑暗狂潮。我想我站在这样的大海边上，随时都能够热泪盈眶。人越感觉渺小，越容易绝望，绝望是世界上最锋利的匕首，能够刺穿一切你能想象到的最坚不可摧的盔甲。

后来我听说，年轻人们买了很多便宜的手镯、项链、耳钉、挂件之类的，他们在车上彼此交换着分享，我看着他们，非常羡慕。我想他们带走了这条街

的某一部分，就像从一件衣服上，撕下了一块碎片。

　　他们并不管那些纪念品背后是否印着"Made in China"，他们觉得高兴，觉得喜悦，觉得好奇。

　　因为他们依然年轻。

　　忘记告诉你了，这个酒店在海边，所以，晚上睡觉的时候，会有持续不断的海潮声，一声一声地拍打进耳朵里，海潮有一种缓慢而又固定的节奏，非常地催眠。

　　我很容易就睡着了。比前几天睡得都好。

　　直到第二天醒来，拉开窗帘，迎面一望无际的碧蓝大海。

『肆』

　　我们在高中那会儿，是不是一直就计划着环游世界来着？我记得那时我们甚至都计划好了逃课的理由，欺骗爸妈的理由，压岁钱存了一些，零花钱也攒了不少，甚至我们在地图上都用红色的水笔圈出了我们想要去的城市。

　　那时并不认为荒唐，那时只觉得有一种叫做梦想和青春的东西，在胸口撞得发痛，那时的我们，迫不及待地想要去看看外面的世界。外面的世界很精彩，歌里一直唱。

『伍』

　　我其实在写这封信的时候，有料想过你收到信是什么反应。

　　我也知道，这些年，我身上发生了很多很多的变化。可能当初一起念书的人里面，我的人生轨迹，看起来最不可思议吧。

　　我从初中的时候，就吵着想要当一个作家，没想到，这事儿还真让我弄成了。但是，我看起来却似乎有一点像是搞砸了。至少不纯粹，我是这么觉得的。我想你可能也是这么觉得的。

我现在除了写书，还干很多事儿。而且我写的东西，也是很多人爱看，很多人不屑。

我有时候也想，似乎是一件本来极其简单而纯粹的事情，被我弄得复杂而又浑浊。但这能怪谁呢，似乎也不能怪我，你说是吧？

那就怪这个操蛋的世界吧。

我其实已经很久没有联系过你了，所以，你收到这封信一定大吃一惊。

我们以前可是一直通信的，你记得吗？那会儿我刚上大学，当初我们几个

玩得要好的朋友，呼啦啦地从四川自贡这个小地方，嗖的一声就飞向了中国的各个角落，我到了东边，最繁华的大上海。

那个时候我穷得不可开交，在学校里，数着日子花钱。我经常在学校的食堂买午饭时，想顺便买一碗蒸蛋，但真的觉得太贵，不愿意花那个钱。可是学校的蒸蛋真的很好吃。

我喜欢喝图书馆楼下的珍珠奶茶，那比我在四川喝过的奶茶好喝很多很多，可是，不能每天都喝，如果每天都喝的话，我就没钱买鞋子了。因为我只带了两双鞋子去上海，还都是夏天的鞋子，到了冬天，脚就冷得发痛。

还要存钱买自行车。

要花钱的地方真是太多了。

特别是一进大学，老师就对我们提出了要求，每一个人都要买一台照相机，一台 DV，一台高配置的电脑。我拿着老师开给我们的单子，犹豫了一个星期，才给家里拨通了电话。我在电话里小声地跟妈妈要这些东西，妈妈在电话那头有点犹豫，她问了问我："这些都是学习要用的吗，老师说得买，是吧？"我说是的，声音很镇定，但眼泪已经掉出来了。妈妈说："哦，好，学习方面可不能马虎。"

过了足足一个月，妈妈才把那一笔钱寄给我。我一直到今天，都没问过我妈妈，那笔钱到底怎么来的。

可后来一切都好了。我开始赚钱了。

后来有一段时间，我疯狂地买各种奢侈品，带着一种快意的恨在买。我想也许这就是我们所说的人体受损后的过量愈合。就像骨头如果断了，再愈合之后，接口处就会更加地粗壮。肌肉纤维在撕裂愈合之后，也会更加地结实有力。

我在吉隆坡的双子塔，给妈妈买了一张丝巾。

妈妈喜欢蝴蝶，那张丝巾上印满了各式各样的蝴蝶。那张丝巾大概要人民币一万块，我犹豫了一下，然后还是买了下来。我把自己选中的那个包放回了柜台。

  我记得我跟你说过这些事儿吧，我小时候，家里收入一般，但我爱乱花钱，买书、买衣服、买玩具、买游戏机，爸妈随着我花钱，非常纵容我。因此，他们自己几乎没买过什么东西。我小学四年级的时候，家里重新装修了一次房子，之前的老瓦房很破旧了，几乎不能住人。爸爸和他的一个朋友，两个人，把屋子翻新得我几乎认不出来，爸爸一个工人都没请，自己钉完了所有的钉子，刷完了所有的油漆，也刷白了他的一些头发。

  妈妈呢，几乎没穿过什么漂亮的衣服，有一件红色的呢大衣，每到过年的时候，或者去亲戚家，妈妈都会拿出来穿上，我小时候觉得妈妈特别喜欢那件衣服，后来长大了，我懂了，妈妈只有那件衣服。

  所以，我现在就老爱给他们买东西。

  我后来把我上海的那辆凯迪拉克轿车，也给爸爸拿去开了。

　　我最近在存钱，准备给他们在上海买一栋别墅，最好是带很大的花园的，因为爸爸说他想要种花。

　　除了这些，我还得存钱，因为我怕他们老，怕他们生病，怕他们离我而去。我要赚很多的钱，多到能为他们换器官、换血、换命。多到能让他们陪着我，直到我们一起死去。

　　爸妈如果走了，那我就变成孤儿了。

　　我不要做孤儿。那太可怕了。这世界还有什么意思呢？

　　我要让他们永远照顾我，我生病的时候，他们永远陪在我病床前面，我饿了的时候，他们永远能帮我端一碗烫饭过来，我莫名其妙地吃坏肚子的时候，他们总能告诉我一些民间偏方。

『陆』

我的信纸快要写到最后了。

这是在槟城香格里拉酒店里随手拿走的信纸，只剩下最后这一页了。

这是一个热带的国度，每一个白昼，都被炙人的温度刷得耀眼。空气里像烧着透明的火。

这里有咖啡的香味，有榴莲的香味，有中国城飘出的中国菜的香味。

年轻人们在每一天的行程里，都看起来元气十足，而我，有时感觉很惬意，有时又感觉很疲惫，但总的来说，我对周围陌生的一切，都缺乏应有的好奇，这让我沮丧。

这些日子里，我反复想起我们念书时候的梦想，那些梦想，都在我的心里，变成了儿时的玻璃弹珠，蒙了灰尘，有了划痕，尽管依然晶莹剔透五光十色，却没有人再愿意玩起这种趴在地上的游戏了。

在写这最后的几行时，他们正在参观这里很有名的建筑，典型的娘惹居住的房子。很多关于娘惹的电视剧，都在这个有钱人的故居里取景。我看了看门口贴的海报，上面的主演竟然是李心洁。一转眼，她都开始演成熟女人了。

而我的记忆里，却是当年我们念中学时，她和任贤齐一起，在湖南卫视的《音乐不断》里，上蹿下跳，年轻无限地唱着"哦赶快回来，天涯海角，躲这场风暴"的样子。

那个时候，你最爱她，你还记得吗？

马航全新 A380

成为马来西亚航空A380客机的首批乘客。
欢迎登录 **malaysiaairlines.com** 立即订购。

众望所归，满心期盼，空中巨无霸终于登场！搭乘马航A380，体验无微不至的热情服务和完美无缺的
舒适旅行。由中国大陆出发经吉隆坡转机前往伦敦，亦可选择在吉隆坡稍作停留，感受多姿多彩的文化
和美味可口的佳肴。我们诚挚地欢迎您搭乘马来西亚航空，飞抵全球目的地。

Malaysia event&festivla
（节选）

详情请登录：http://www.tourism.gov.my/intl_en/ebrochures/launch.php

1/15		
地点	槟城马哈马里安庙 Sri Mahamariamman Temple, Jalan Tokong, Butterworth, Penang	节庆名称 庞格尔节 Pongal
节庆介绍		
庞格尔节是印度一年一度的丰收感恩节，在这一天，家家必做的事情就是煮沸罐子里的大米，直到大米沸腾溢出，透过这个烹饪仪式，象征着财富与收获。		

1/23-1/24		
地点	马来西亚全国	节庆名称 华人中国农历年开放日庆祝活动 Chinese New Year Open House Celebration
节庆介绍		
华人是马来西亚的三大民族之一，中国农历新年因此成为马来西亚当地一大盛事。虽然因为文化融合，马来西亚的中国农历新年已经马来化，但华人不忘本的性格，也保留了部分传统习俗，长辈会包红包给儿童，家家户户和各大购物中心都有热闹精彩的舞龙舞狮表演。		

2/7		
地点	雪兰莪州黑风洞 Batu Caves, Selangor	节庆名称 大宝森节 Thaipusam
节庆介绍		
大宝森节是印度教一年一度的重要庆典，主要在雪兰莪州的黑风洞举行。印度教信徒会在这一天进行各种仪式，以表达他们的虔诚与牺牲奉献的精神。		

5/5-5/6		
地点	沙巴亚庇 Kota Kinabalu, Sabah	节庆名称 沙巴节 Sabah Fest—A Cultural Extravaganza
节庆介绍		
沙巴节是沙巴最受瞩目的活动之一，透过舞蹈、音乐、美食，呈现沙巴丰富而多元的种族文化与传统风俗。是游客绝对不能错过的节庆活动！		

5/30-5/31		
地点	沙巴 Sabah	节庆名称 沙巴丰收节 Tadau Kaamatan
节庆介绍		
在沙巴和纳闽庆祝丰收节是很重要的庆典。庆祝大丰收后又是一个斩新的开始。游客与当地民众一起歌唱舞蹈、大快朵颐、进行传统游戏，深入体验沙巴文化。		

6/1-6/2		
地点	砂劳越 Sarawak	节庆名称 砂劳越丰收节庆典 Gawai Dayak Festival
节庆介绍		
砂劳越丰收节庆典是马来西亚其中之一的原住民（伊班人和比达友人）庆祝丰收的节日。在典礼上会准备各种当地的传统美食，例如准备"tuak"（自制的米酒）供奉给神明。外国游客也只有在这个时候可以看到这种特殊的节日。		

7/20-8/19		
地点	马来西亚全国	节庆名称 回教斋戒月 Ramadan Bazaar
节庆介绍		
回教为马来西亚的国教，信徒们在这整个月中从日出至日落必须禁食，不吃东西不喝水，并聚集祷告以示虔诚。时至日落后的开斋时刻，可见餐馆涌入大批才刚要享用第一餐的回教徒们，各个餐馆也配合延长营业时间至凌晨，旅客可在这段时间一睹入夜后餐馆人气爆满的特殊景观！		

8/19-8/20		
地点	马来西亚全国	节庆名称 开斋节 Hari Raya Aidil Fitri
节庆介绍		
在长达一个月的斋戒月之后，回教信徒们将以各式活动来庆祝斋戒月的结束，开斋节不仅是年度最盛大的节日，也是回教徒举家欢腾的节日，有如华人的农历新年及西方社会的圣诞节。回教同胞会齐聚清真寺参加晨祷，并拜访许久未见的亲友，送上贺年佳礼，享受年节食物，家家户户张灯结彩，热闹非凡！		

10/26		
地点	马来西亚全国	节庆名称 哈芝节 Hari Raya Aidiladha
节庆介绍		
哈芝节 (Hari Raya Haji) 为回教徒一年一度盛大的宗教节日之一，对于回教徒而言，到穆罕默德出生地一麦加朝圣是人生必经的旅途，而哈芝节即是纪念此的宗教活动，借此庆祝朝圣者归来。在哈芝节当天，回教徒一早会到回教堂做全天祷告，上午祷告进行告一段落，会举行仪式屠宰羊只，把肉分给信众与贫人。此外，回教徒会开放门户欢迎到访的亲朋好友，并采俭朴虔诚的方式来度过哈芝节。		

Notice:

马来西亚旅游局北京办事处（马来西亚驻北京大使馆旅游处）

地址：北京市朝阳区霄云路 36 号国航大厦 506–507 室 邮编：100027
电话：010–84475056
传真：010–84475798
E–mail：Sunshine 王珊珊 女士，sunshine@tourismmalaysia.cn

马来西亚旅游局上海办事处（马来西亚驻沪总领事馆旅游处）

地址：上海市南京西路 1168 号中信泰富广场 1109 室 邮编：200041
电话：021–52925252
传真：021–52925948
E–mail：Elaine Zhan 詹宇 女士，elaine@tourism.gov.my

马来西亚旅游局驻广州办事处（马来西亚驻广州总领事馆旅游处）

地址：广州市天河北路 233 号中信广场 3216 室
邮编：510610
电话：020–38773691
传真：020–38773692
E–mail：Tracy 李女士，tracy@tourismmalaysia.cn

马来西亚旅游局驻成都办事处

地址：四川省成都市滨江东路 9 号香格里拉中心写字楼 18 楼
邮编：610021
电话：028–6606 5230
传真：028–6606 5231
Sarah Qin 覃红艳 女士

2012年6-7月上海最世文化发展有限公司畅销书排行榜
| TOP25 |

排名	书名	作者
1	幻城（2008年修订版）	郭敬明
2	悲伤逆流成河（新版）	郭敬明
3	夏至未至（2010年修订版）	郭敬明
4	小时代1.0折纸时代	郭敬明
5	小时代2.0虚铜时代	郭敬明
6	陪安东尼度过漫长岁月	安东尼
7	这些 都是你给我的爱	安东尼 echo
8	临界·爵迹Ⅰ	郭敬明
9	临界·爵迹Ⅱ	郭敬明
10	少数派报告	郭敬明 主编
11	爵迹·燃魂书	郭敬明 等
12	告别天堂	笛安
13	橙—陪安东尼度过漫长岁月Ⅱ	安东尼
14	西决	笛安
15	南音（上）	笛安
16	最后我们留给世界的	郭敬明 主编
17	南音（下）	笛安
18	东霓	笛安
19	爵迹囧格	郭敬明 王羽 千厴
20	飞蛾特快	郭敬明 主编
21	小时代3.0刺金时代	郭敬明
22	爵	王浣
23	年华是无效信	落落
24	不朽	落落
25	下一站·神奈川	郭敬明 落落 笛安 消失宾妮 王小立

www.zuibook.com

ZUI

Zestful Unique Ideal

ZUI Book

CAST
下一站·吉隆坡

作者
郭敬明 包晓琳 吴忠全 冯天 颜东

出品人
郭敬明

选题策划
金丽红 黎 波

项目统筹
阿 亮 痕 痕

责任编辑
杨 仙

助理编辑
于英杰

特约编辑
miu miu

责任印制
张志杰

装帧设计
ZUI Factor   www.zuifactor.com

设计师
Fredie.L

内页设计
Steven.X

全程摄影
Fredie.L Steven.X

出版社
长江文艺出版社

出品
上海最世文化发展有限公司

官方网站
www.zuibook.com

平台支持
最小说 ZUI Factor

图书在版编目（CIP）数据

下一站·吉隆坡 / 郭敬明等著 . -- 武汉：长江文艺出版社，2012.7
ISBN 978-7-5354-5846-9

Ⅰ .①下… Ⅱ .①郭… Ⅲ .①散文集 - 中国 - 当代②小说集 - 中国 - 当代 Ⅳ .① I217.1
中国版本图书馆 CIP 数据核字 (2012) 第 095936 号

下一站·吉隆坡

郭敬明　包晓琳　吴忠全　冯天　颜东　著

出 品 人｜郭敬明　　　　责任编辑｜杨　仙　　装帧设计｜ZUI Factor　　全程摄影｜Fredie.L　Steven.X
选题策划｜金丽红 黎　波　　助理编辑｜于英杰　　设 计 师｜Fredie.L　　媒体运营｜赵　萌
项目统筹｜阿　亮 痕　痕　　特约编辑｜miu miu　　内页设计｜Steven.X　　责任印制｜张志杰

出版｜长江出版传媒　长江文艺出版社

电话｜027-87679310　　　　　　传真｜027-87679300
地址｜湖北省武汉市雄楚大街 268 号湖北出版文化城 B 座 9-11 楼　　　邮编｜430070
发行｜北京长江新世纪文化传媒有限公司
电话｜010-58678881　　　　　　传真｜010-58677346
地址｜北京市朝阳区曙光西里甲 6 号时间国际大厦 A 座 1905 室　　　邮编｜100028
印刷｜北京华联印刷有限公司
开本｜700×1000 毫米 1/16　　　印张｜12.5
版次｜2012 年 8 月第 1 版　　　印次｜2012 年 8 月第 1 次印刷
字数｜100 千字
定价｜29.80 元

sina 新浪读书
book.sina.com.cn